Zozobra

Osdany Morales
Zozobra

bokeh

© Osdany Morales, 2018

© Fotografía de cubierta: W Pérez Cino, 2018

© Bokeh, 2018

Leiden, Nederland
www.bokehpress.com

ISBN 978-94-91515-86-6

Quiero hacer una pieza en la que yo vaya a los Alpes y le hable a una montaña.
La montaña hablará de cosas que son siempre, y necesariamente, verdaderas y yo hablaré de cosas que son, a veces, accidentalmente ciertas.

B. J. A.

I. Aguas del gran sol

El pesquero se llamaba Eduardo Pondal en honor al poeta gallego del siglo XIX. Al mando del mismo, dirigiendo catorce hombres —un contramaestre, un jefe de pesca, un ingeniero principal, un mecánico, dos carpinteros, los marineros, y un operador de radio—, iba Manuel Castiñeira Alfeirán, patrón de pesca de altura, de cuarenta y un años, nacido en Malpica, La Coruña, y domiciliado en la capital en el número 125 de la calle Juan Flórez. Casi al mediodía, en los minutos afilados de la hora once, que son todavía la mañana pero una mañana que se está perdiendo y que al mismo tiempo es posible aún ganarle al día, los marineros terminaban de virar el aparejo cuando, muy cerca de la embarcación, en un punto del océano Atlántico que fijarían en las coordenadas de latitud 49°58' N y longitud 11°02' W, vislumbraron la popa de un bote a la deriva que flotaba en posición vertical como una boya. No sobresalía nada más alrededor. En el océano vacío se levantaba el hallazgo de una pequeña catástrofe.

Cuando lo alzaron para subirlo al pesquero descubrieron que era un bote de recreo, de unos cuatro metros de eslora. Tal vez algunos de los hombres que se convocaron en cubierta vieron las letras en el aire, en posición vertical, como incrustadas en el lomo de un libro insólito; otros habrán intentado descifrarlas cuando lo largaron en la proa. En las amuras traía escrito su nombre en letras mayúsculas: OCEAN WAVE. Los hombres del Pondal habían pescado una ola.

Lo removieron y le sacaron el agua para que alguno pudiera subirse a descubrir lo que guardaba. Buscaban, desde luego, un cadáver. El agua corrió por la cubierta a ambos lados del bote arrastrando objetos en un estado de desintegración tal que no valía la pena identificarlos. Dentro encontraron latas de alimentos en conserva, una pequeña cocina de butano, un sextante de plástico, un jersey, algunos calcetines y ropa interior, una billetera, un pasaporte holandés. Según los hallazgos tendidos sobre la cubierta parecían haber atrapado al hombre invisible.

Las zonas marítimas donde es fácil conseguir una buena pesca se conocen como caladeros; el Gran Sol es uno de ellos, al oeste de Gran Bretaña e Irlanda. Las aguas del Gran Sol son reconocidas entre los marineros, además de por la fortuna pesquera, por su agresividad. Allí estaba el Ocean Wave, más cerca del faro de Mizen Head –más cerca de Bishop Rock, la isla que es solo un faro– que de La Coruña. Era el 18 de abril de 1976.

He imaginado la oscuridad del Atlántico en alta mar, la densidad de un océano frondoso; y he querido visualizar, bajo el agua, la quietud del Ocean Wave, como una casa en vela, flotando de un modo piadoso, haciendo sombra, una sombra que se alarga como una gota o como un astro, hasta que la mancha mayor del pesquero se le acerca y lo sacude.

jueves 20. Mañana viajo a Cape Cod. He cambiado varias veces la decisión de qué libro llevar, en caso de que me aburra del paisaje. Por ahora la última opción es *Tishomingo Blues,* de Elmore Leonard. La portada es una fotografía a página completa de un cielo nublado, azul en las zonas donde se ve más limpio y también en los tramos donde la nube se agrieta dejando una transparencia turbia. La nube carga por dentro una pesada sombra de humedad. En la mitad inferior del cuadro se instala la silueta simétrica de un hombre que cae con los brazos extendidos por encima de su cabeza, buscando unirlos en algún momento de la caída; y esto, pese al contraste que lo destina a ser una figura oscura, permite reconocerlo fácilmente como un clavadista. Más arriba, en el tope de la portada, se descubre entonces la función de un rectángulo que baja por detrás del nombre del autor: la tabla de clavado.

La elección del libro ha dependido también de cómo he ido imaginando el viaje. Supongo una casa de madera con techo a dos aguas bajo el clima nublado después de una mañana arrasada por la luz. Camino frente al mar, en una franja de la península con forma de garfio, dentro de un paisaje transromántico, como si la estética del romanticismo fuera interpretada por alguien inhabilitado para la emoción.

Casi una semana más tarde, el 27 de abril Manuel Castiñeira se presentó en la Comandancia Militar de Marina de La Coruña correspondiente a la Zona Marítima del Cantábrico, como patrón del pesquero de dicha base, para reportar el hallazgo de la embarcación y hacer entrega de las pocas pertenencias encontradas. Ladeado sobre la cubierta, el Ocean Wave permaneció sobre el Eduardo Pondal aún otros tres días hasta fin de mes. Castiñeira y sus hombres regresaban a alta mar; el patrón ordenó llevar el bote a tierra. Lo dejaron en un cementerio naval, en un apartado en el muelle de San Diego, entre pedazos de embarcaciones y botes viejos e inservibles.

Dos días después de hecho el reporte, el entonces Comandante Militar de Marina de la Zona, Félix Bastarreche, designó para el procedimiento correspondiente al hallazgo a un Juez Instructor: el Teniente de Navío de la Armada José Luis Gil Cagiao, quien debía escoger a su vez un secretario. Ese mismo día, jueves 29 de abril de 1976, La Voz de Galicia difundía los sucesos. «El barco de pesca coruñés Eduardo Pondal ha descubierto un yate flotando en el Gran Sol. Se presume que pertenece a un navegante solitario que intentaba cruzar el Océano Atlántico». Se referían a los hallazgos, las latas de conserva, el sextante, los documentos y a una precaria bandera americana. La noticia terminaba con una breve entrevista a Manuel Castiñeira, a quien designaba como un hombre con experiencia en este tipo de sucesos. La pregunta que cerraba la noticia se preocupaba por la frecuencia de encuentros semejantes en el Gran Sol, a lo que el patrón del Pondal respondía que muy seguido, casi siempre pertenecen a personas que no le temen a nada y quieren cruzar el Atlántico en semejante cáscara de nuez. Y remataba: Yo estaba más sorprendido por el hecho de que no había ningún chaleco salvavidas a bordo. ¿El navegante habría sido capaz de salvar su vida?

Prefiero suponer que esa mañana de jueves admitió unas horas de limbo en las que sentado en su despacho el Teniente de Navío Gil Cagiao leyó la noticia antes de que le asignaran la responsabilidad del proceso. La Voz de Galicia decía que habían encontrado dentro del bote, también en muy malas condiciones, un pasaporte holandés a nombre de Ader Bastiaan Johan Christian, nacido el 4 de abril de 1942. Como el pasaporte estaba muy húmedo, seguía la noticia, se había borrado el lugar de nacimiento. Podía saberse que había sido renovado en julio de 1975 y que se le habían estampado sellos de varios países. En el apartado de ocupación se leía, de manera difusa, «professor».

Este hombre pasó su cumpleaños en alta mar, pensó Gil Cagiao, haciendo un cálculo mental. Se fijó más abajo en las palabras del entrevistado; decía que el casco estaba cubierto por crustáceos diminutos que siempre se adherían a los objetos flotantes, lo cual le hacía suponer al patrón del Pondal que el bote había estado flotando a la deriva por unos seis meses. Este hombre murió antes de cumplir años, se corrigió. A los treinta y tres, la edad de ya sabes quién. Esto me va a tocar a mí, se dijo al doblar el diario y disponerse a despachar su rutina de trabajo.

Un día después de su nombramiento como Juez Instructor, el viernes 30 de abril, La Voz de Galicia volvió a mencionar al Ocean Wave en una nota breve y promisoria. «El Juzgado de la Marina ha abierto un archivo, concerniente al hallazgo de la pequeña nave por el barco de pesca coruñés Eduardo Pondal en las aguas del Gran Sol. El bote, que porta el nombre Ocean Wave se calcula de un valor estimado de 50.000 pesetas. También la policía de La Coruña ha contactado a la Interpol para informarles del descubrimiento y aclarar la identidad del navegante Bastiaan Ader.»

El documento que lo nombraba como Juez Instructor decía: auxiliado por el Secretario que designe. Esta decisión Gil Cagiao también la esperaba, por eso en la mañana al mirar el periódico doblado y ya leído se levantó en un arranque, agarró el ejemplar y fue hasta la oficina donde trabajaba un Sargento Electricista con el que había compartido exitosamente otros trabajos. Encontró a Cándido Neira Vázquez detrás de su máquina de escribir, redactando unos informes. Gil Cagiao le hizo una seña con la mano de que siguiera en lo suyo, dejó caer el periódico a un lado y le dijo:

—Cuando encuentres un tiempo, lee esta noticia.

Al recibir más tarde la asignación fue como si en lugar de encontrar su nombre y la potestad de elegir un secretario dijera: Pase al Teniente de Navío (RNA) Don Luis Gil Cagiao, para que en el carácter de Juez Instructor y auxiliado por el Sargento Electricista Don Cándido Neira Vázquez, procedan a instruir el correspondiente Expediente de Hallazgo de la embarcación de que se trata, siendo unida toda la documentación a que se hace referencia en el parte de cabeza. El Comandante Militar De Marina Félix Bastarreche.

El martes 4 de mayo firmaron los documentos que los autoproclamaban Juez Instructor y Secretario. De toda la correspondencia legal fueron dejando constancia en notas breves, cerradas sucesivamente por sus dos firmas. La de José Luis Gil Cagiao, Juez Instructor, es un trazo grueso de tinta que a primera vista pareciera que dice, muy dilatada, la palabra lumbre, aunque con una tilde al final, y por debajo una rayita como registro de la velocidad del trazo. La de Cándido Neira Vázquez, Secretario, es mucho más amplia, enrevesada en curvas, ejecutada con un trazo muy fino, como un cabello enredado en el fondo de una bañera.

Si a partir de las firmas me animara a recuperar estos personajes, supondría que el Teniente de Navío es un oficial bajito, pelirrojo, casi albino, con una piel sensible al sol, moteada por pecas, de modo que el brazo zurdo con que traza su firma es un langostino que da un coletazo, un brazo corto y robusto que garantiza sus torpezas, por ejemplo, al lidiar con papeles. Se le identificará por una recortada barba roja y un pelo encrespado que anuncia la calvicie. Sus pequeños ojos amarillos se mueven con agilidad y al detenerse en algo, en otro rostro, por ejemplo, penetran como buscando fondo, lo cual le otorga al Juez Instructor un respeto casi instantáneo que contrasta con su figura. Está casado y no tiene hijos; la relación con su esposa desde hace varios años es una rutina militar. Su trabajo se ha convertido en el único espacio donde puede sentirse cómodo, aunque lo que le ofrezca sea una interminable legión de documentos que él trata de mantener en orden transcribiendo sus acciones diarias en un texto tras otro, admirándose de los artefactos de precisión que logra engavetar.

El Sargento Electricista vendría a ser más joven, flaco y de piel bronceada, con una estatura que lo eleva casi hasta el tope de la puerta del Juzgado. Los rasgos de su rostro están definidos por una sola ceja ininterrumpida que forma una especie de vaguada en la unión y continúa legible hecha un rayón ensombrecedor de todos los accidentes que asoman por debajo. Los ojos almendrados, la nariz quebrada en una deformación del tabique y los labios que siempre parecen reservar una burla, arman un resultado contradictorio en su expresión, como si no se le pudiera creer lo que dice porque nunca se sabría, entre la gravedad de la uniceja y la complicidad involuntaria de la risa, dónde apoya su seriedad. Está comprometido, y se casará pronto con una muchacha de su pueblo (muy lejos de La Coruña) a la que va a ver dos veces al año. En los días en que libra se protege de quedarse solo visitando discretamente a las prostitutas de los barrios costeros.

sábado 22. Me despertaron los cuervos. El día ha amanecido gris, pero no frío. Llego tarde al desayuno en la terraza; al pasar por la cocina agarro una taza de café y me uno a escuchar la conversación. Comentan una aplicación en el teléfono para reconocer los pájaros por el canto. Es como la de las canciones, está diciendo B, pero lo hace con aves. La vecina de la casa de al lado se asoma al jardín y le lanza un grito de saludo a S; B le grita de vuelta que tiene un jardín hermoso y S agrega que lo dice una inglesa. La señora vocifera las gracias, que ella siempre se lleva los elogios y los valora mucho, pero que en verdad es obra de su marido, que ella no hace nada, y dando un manotazo en el aire como si cerrara una presentación humorística vuelve a colarse en la doble puerta del costado. Después del café me sirvo unos trozos de pan con queso. Siguiendo una charla ya comenzada, S insiste en unos detalles de actuación de una nueva teleserie donde trabaja. En particular, comenta una escena en la que un personaje se caía al piso y, por más que lo intentara, el modo de caer no era el más realista. La conversación se estanca en un debate sobre lo verosímil y, sospecho que sin quererlo, hemos aterrizado en una crítica al modelo americano de contar historias. No pasa mucho tiempo para que descubramos una suerte de agua tibia: la creencia en un mecanismo de percepción para reconocer un relato, como algo inherente a la naturaleza humana, es resultado de la comunión con lo divino; el escéptico, en cambio, acoge la experiencia narrativa como un espacio de paredes móviles que van construyéndose con el recorrido. No llegamos a ningún acuerdo y tampoco es que sean dos posibilidades muy bien presentadas. Valiéndose de la aplicación para reconocer el canto de los pájaros, B anuncia que lo que se escucha es un tetrao urogallus cantábrico, pero rápidamente queda desechada su intervención ante lo que la mayoría acuerda que son cuervos.

S cuenta que en su infancia, mucho antes de verse obligado a pensar en cómo se contaba una historia, escuchó la lectura de una niña de su clase que narraba las escasas peripecias de un domingo en que quería comprarse un caramelo: le pedía el dinero a su madre, caminaba hasta la tienda y lo compraba. S revela que en aquel momento supo que se trataba de un pésimo relato. Por llevar la contraria, y en nombre de las posibilidades de la literatura, defiendo a capa y espada el cuento de la niña. Luego me quedo pensando, ¿qué podría añadirse para que S hubiera quedado complacido, años atrás? El caramelo podría estar envenenado. La madre le había dado una moneda falsa y la hija va a parar a la cárcel. No he dejado de abaratar esa historia durante el día. Cada vez que me encuentro con la mente en blanco vuelve la saga de la niña que quiere comprar un caramelo y al final lo compra.

El 12 de mayo los sorprendió, como a todos, la explosión del petrolero Urquiola, que incendió la bahía con cien mil toneladas de crudo. Durante días el cielo estuvo oscuro y todo se veía con un fondo granulado. Los militares de la marina no tuvieron descanso enfrentados a la magnitud excepcional de su responsabilidad en el asunto y a las estrategias de limpieza para sanear el impacto de la marea negra. El Teniente de Navío y el Sargento Electricista, sin embargo, en medio del escenario agitado persistieron en las diligencias de su caso. Al citar a declarar al patrón de Pondal, como una de las primeras acciones, los hombres del Juzgado se encontraron ante una nueva dificultad que le daría un giro al proceso.

—A la vista del parte obrante en el folio uno de fecha 27 de abril del corriente año, diga si se afirma y ratifica en dicho parte.

—Reconozco por mí dado el parte que me es mostrado, que es mía la firma y me ratifico en su contenido.

—Diga si puede hacer entrega de las prendas que relata en el antes mencionado parte, así como del sextante de plástico que menciona.

—Sí, señor, lo traigo precisamente conmigo por si me era requerida su entrega.

—Diga en qué lugar se encuentra el bote de que ha hablado en el parte, para proceder a su reconocimiento y valoración.

—Precisamente esta mañana he entregado en el registro de esta Comandancia Militar de Marina un nuevo parte en el que, dirigido al Ilustrísimo Señor Comandante Militar de Marina de La Coruña, doy cuenta de la desaparición de tal embarcación.

Gil Cagiao miró de reojo a Neira Vázquez, que transcribía el diálogo en la máquina, y confirmó que el otro no levantaba la vista ante la noticia; y esto le hizo sentir que juntos comenzaban a entrar en sus conocidas estrategias de complicidad, en el terreno puramente policial, en el vacío.

–¿Cómo explica la desaparición de la embarcación encontrada?

–El día 27 de abril al llegar de la mar, fue cuando di el parte del hallazgo y tuve la embarcación a bordo hasta el día 30 del mismo mes que por tener que hacerme a la mar lo puse en tierra, en un apartado que hay en el muelle de San Diego, donde hay varias embarcaciones viejas y le dije a mi chavolero que de vez en cuando, durante el día, se pasara por allí para vigilarla. Cuando regresé de las faenas de pesca el 6 de junio, me comunicó el chavolero que el bote había desaparecido.

–Diga si sabía usted que al no haber hecho entrega oficial de la embarcación quedaba bajo su custodia y por lo tanto era usted el responsable de tal embarcación.

–No lo sabía, yo me creí que al dar el parte a la Comandancia Militar de Marina, como tenía que hacerme a la mar, ya la Comandancia se haría cargo de la embarcación.

–Diga si comunicó a alguien de la Comandancia Militar de Marina el lugar en que depositaba o dejaba la embarcación.

–No, señor. Lo menos que yo podía pensar es que nadie tocase la embarcación; además, para trasladar el bote tuvieron que usar un camión y tenía que tener grúa; de otro modo, harían falta como mínimo siete hombres para trasladarlo pues tenía una orza grande y era difícil de manejar.

–Diga si tiene idea de la persona o personas que pudieran haber hurtado la embarcación.

–No tengo la menor idea, si bien puedo decir que hay una ferranchina llamada Viuda de Trillo que tiene un establecimiento cercano a la Fuente Luminosa de Cuatro Caminos en La Coruña, que compra de todo, y todo cuanto del muelle desaparece, lo llevan a vender allí.

—Diga si tiene algo más que decir.

—No, señor, únicamente hacer constar que desde que me enteré de la desaparición, como tengo mi buque en reparación, me dedico particularmente a recorrer las playas de La Coruña, talleres y playas cercanas, para ver si localizo la tan repetida embarcación, sin que hasta la fecha lograra algo positivo.

Entonces se le pidió a Castiñeira que mencionara una vez más todos los detalles que recordara del bote. El marinero se giró un poco hacia Neira, para que le tomara el dictado, saliéndose un tanto de la representación que antes formaban.

—Era de material plástico, o sea de fibra; pintado de color rojo, amarillo y blanco, siendo rojo la obra viva, amarillo el resto del casco y blanco la cabina y toda la parte de cubierta; tenía una orza pintada de rojo. En la cabina no tenía más lugar para dormir que una colchoneta y encima de ella tenía un tintero, o sea un lugar para meter el palo de la vela, que por cierto no había a bordo ni palo ni vela.

Desde la autoridad de su baja estatura, Gil Cagiao le informó que debía avisar al chabolero mentado para que compareciera lo antes posible. Castiñeira afirmó dos veces con gravedad, y escuchó toda la declaración para luego estampar su firma a un lado de la gruesa caligrafía que recuerda la palabra lumbre.

Al día siguiente compareció como testigo ante el Juez Instructor y el Secretario, el chabolero Jesús Regueira, un hombre de sesenta y un años, también natural de Malpica, La Coruña, antiguo marinero venido a menos.

—Diga si es cierto que el patrón del Eduardo Pondal, Manuel Castiñeira Alfeirán, puso bajo su custodia una embarcación de plástico que había recogido en la mar.

—Sí, señor, creo que fue sobre el día 28 de abril cuando me dijo dónde estaba una embarcación que había recogido en la mar. Yo fui a verla y estaba en el muelle de San Diego. Todos los días por la tarde o mañana pasaba a verla hasta que, en la mañana del 26 de mayo último, había desaparecido cuando fui.

—Diga si efectuó alguna gestión o indagación para la localización de la embarcación desaparecida.

—Recorrí todo y todos los muelles de La Coruña y no di con ella.

—Diga si tiene sospecha de alguien que pudiera haberla llevado.

—No, señor.

—Diga si su armador, el señor Manuel Castiñeira Alfeirán, le hizo saber que era usted el responsable de la custodia de la embarcación de que hablamos.

—No, señor. Me dijo que pasara por allí para verla y comentó que de allí no la iba a quitar nadie.

—Diga si tiene algo más que decir.

—No, señor.

domingo 23. Sobre Cape Cod escribió Thoreau, un año después de publicar su experiencia de aislamiento en Walden, con una primera oración que busca trazar la ruta del viaje: «Deseando conseguir una mejor vista de la que hasta entonces había tendido del océano, que según nos han contado, cubre más de dos tercios del globo, pero del cual un hombre que viva unas pocas millas tierra adentro puede que nunca vea una sola huella, hice una visita a Cape Cod en octubre de 1848, otra el siguiente junio, y otra a Truro en julio de 1855; la primera y la última con la compañía de otra persona, la segunda vez solo». A su llegada, después de haber espiado la península desde un mapa, encuentra el escenario de un naufragio. El velero St John encalló días atrás y el mar aún arrastra a la orilla los cuerpos de los emigrantes irlandeses. En la rutina del infortunio los pobladores continúan recogiendo para usos comerciales las algas que el mal tiempo ha traído entre los náufragos. Pregunta por el lugar exacto donde ocurrió el naufragio y un hombre le señala una roca a una milla. «Usted puede ver ahora una parte aún aferrándose; parece un bote pequeño.» No sé si en una plegaria por los ahogados o en un impulso por estetizar el momento, Thoreau propone una continuidad del viaje para los pasajeros, citando unos versos escritos por la muerte de Cristóbal Colón:

Soon with them will all be over,
Soon the voyage will be begun
That shall bear them to discover,
Far away, a land unknown.

Land that each, alone, must visit,
But no tidings bring to men;
For no sailor, once departed,
Ever hath returned again.

No hay una sola nube en el cielo o al menos en el territorio que alcanzo a ver, que es de un color índigo como el de una ciruela americana. La palabra plum me llegó acompañada de la fruta: ciruelas como nunca había visto. Para mí la ciruela era una fruta esmirriada, más pequeña que un huevo de gallina; ácida si estaba verde, y más dulce, de color amarillo o rojo, si estaba madura. Se prendían de las ramas de unos árboles esqueléticos y guardaban una semilla arrugada. Al descubrir la fruta oval, acuosa, que por su tamaño me ocupaba casi toda la palma de la mano y cuyo nombre era plum, nunca la asocié con un tipo de ciruela. Mi experiencia con el (o la) plum no tuvo antecedentes y pude explorar su sabor desde la completa ignorancia. La primera mordida tuvo sabor a yerbas. Llegué a creer que era una de las inflorescencias carnosas que abundan en los parques como frutas, pero que al abrirlas con una uña muestran por dentro todos los pistilos. Creí, sin analizarlo mucho, que algo como eso era el plum. Una flor paleolítica que se consideraba fruta. Me costó encontrarle un sabor, rescatar lo dulce y lo salado, y por fin la acidez de una pulpa húmeda que trituraba y conservaba al mismo tiempo entre la lengua y el cielo de la boca. Reminiscencias de frutas que nunca he probado y cuyo sabor aproximado me llega solo a través de su nombre; un níspero, por ejemplo, o cualquier fruta vietnamita. Meses después, cuando por casualidad busqué el significado de plum y encontré que era una ciruela, aunque me resistí, acabé por aceptarlo. Su sabor cambió completamente.

Ocean Wuave, con una u, fue la desviación ortográfica con que se fijó en el primero de los registros, y como nunca estuvo cerca la embarcación para corregir esta falta, el error se repitió, documento tras documento. El 22 de junio, el Juez Instructor mandó una carta al Jefe de la Inspección de Buques de la Provincia Marítima, poniéndolo al corriente de la declaración del pesquero sobre el robo ocurrido, con el objetivo de que le enviara lo antes posible una descripción de las características de la embarcación y su valor aproximado, considerando que antes fue reconocida por él.

Ese mismo día, en una oficina lúgubre con manchas de humedad, Ángel Rego, cónsul de los Países Bajos en La Coruña, redactaba una carta al Comandante Militar de Marina sobre el expediente que manejaba el Juzgado. Solicitaba formar parte del proceso en lo referente al «súbdito holandés fallecido». La carta llegó al Juzgado tres días después.

Gil Cagiao la estrujó un poco al leerla y se la pasó a Neira que la recibió torciendo la uniceja.

—¿No ha llegado nada aún de Inspección de Buques?

Neira negó con la cabeza, luego miró por la ventana:

—¿Crees que lloverá hoy?

—No.

—¿Crees que lloverá mañana?

—Seguro.

Quince días más tarde, molesto por no recibir ninguna colaboración de la otra parte, el Teniente de Navío y Juez Instructor volvió a escribir a Inspección de Buques.

Hay rastros en toda la documentación que me hacen pensar que pudo haber sido un proceso burocrático descuidado. La mala ortografía del Ocean Wave, repetida en cuanto escrito se elaboró desde el Juzgado, más algún que otro discurso reiterativo y vacío. Pero prefiero creer que cuando dicta, por ejemplo en el segundo documento que envía a Inspección de Buques: Ruégole por lo expuesto la mayor urgencia a fin de hacer posible elevar el Expediente de Hallazgo en consulta a la Superior Autoridad, se trata de la estrategia de nombrar un alto rango para que el otro responda con obediencia. Como de hecho no tardó en suceder.

El 10 de julio llegó la respuesta de Inspección de Buques con una descripción que no distó mucho de la que ya tenían, aunque esta vez el testimonio del ingeniero que la reconoció funcionaría, en términos legales, como legitimación de la primera. Se refería a una embarcación apta para la vela, construida de poliéster, con orza y cabina, de 4.5 metros de eslora. Señalaba, sin embargo, algo nuevo que parecía al mismo tiempo llevar a un punto muerto: declaró que el mamparo de popa de la cabina estaba roto como si la puerta hubiese sido arrancada de una explosión. Inmediatamente, pasaba a comentar que su reparación se consideraba viable y económica, para terminar estimando un valor, según el estado en que fue encontrada, un poco más alto de lo que anunció la segunda nota de prensa de La Voz de Galicia, 55.000 pesetas. Firmaba el Ingeniero Inspector de Buques Jaime Valdés Parga.

Con la correspondencia acumulada y dirigida a sitios distintos, el Juez Instructor y el Secretario tomaron nota de los envíos y recepciones, y describieron cada uno de los hechos que involucraban tales documentos, repitiendo cinco veces sus firmas dispares. Ese sábado dejaron el expediente como una réplica textual de lo que hasta entonces habían sido sus acciones en el caso.

Más por asuntos de rutina y obligaciones que por la sospecha de encontrar algo no dicho, el 30 de julio Manuel Castiñeira compareció por segunda vez ante el Juzgado:

—Diga si era usted depositario de la embarcación Ocean Wave.

—Yo creo que al poner en conocimiento a la Comandancia Militar de Marina el hallazgo, ya esta Dependencia se haría cargo de ella.

—Diga si no es más cierto que el Teniente de Navío Don José Luis Gil le hizo saber que era usted depositario de la embarcación que habían encontrado.

—Sí, señor, esto es cierto.

—Sabe usted que al haberse hecho cargo de la embarcación, y desaparecida esta, pueden serle exigidas responsabilidades.

—No lo sabía, ahora sí lo sé. Quiero hacer constar que si yo hubiese sabido que había de ser responsable del cuidado y custodia de la embarcación, la hubiera dejado donde fue encontrada.

Gil Cagiao hizo un esfuerzo por no mirar a Neira. La continuidad del sonido de la máquina de escribir le aseguró que el otro tampoco pasaba por alto el chispazo de desobediencia.

—Diga si ha puesto en conocimiento de la Policía la desaparición de la embarcación.

—Bueno, yo fui citado por la Policía para declarar sobre el hallazgo y allí dije que la embarcación había desaparecido, creyendo que eso bastaba, y no denuncié el hecho.

—Diga si tiene algo más que manifestar.

—No, señor; únicamente hacer constar que si bien reconozco que pude haber tenido algún descuido en cuanto a la custodia de la embarcación, la verdad es que carezco por completo de tiempo. Soy patrón del pesquero Eduardo Pondal y a la vez tengo el buque a mi cargo cuando estamos en tierra; como paramos únicamente unas horas de marea a marea, no dispongo de tiempo alguno para otra cosa que no sea atender mi personal y al buque.

Le fue leída la transcripción y tras validar su conformidad con lo escuchado, Manuel Castiñeira firmó por segunda vez a un lado de los trazos, gruesos y finos, del Teniente de Navío y el Sargento Electricista.

Esta vez ocurrió algo singular en la firma de Gil Cagiao. A mitad del garabato que tiende a la palabra lumbre en una línea ancha, se descuelga un trazo delgado, por descuido en un temblor del langostino, y deja una rayita oblicua que se curva al final antes de cerrar formando un remo. La palabra que tiende a lumbre luce entonces como una embarcación y la tilde y el trazo rápido que la acompaña por abajo quedan suspendidos como fulgores en el oleaje.

domingo 23. El pueblo de pescadores es la típica locación de un thriller. Pasajes torcidos, agujereados por las puertas de bares, salas de juego, res-

taurantes, ventas de productos del mar
y de instrumentos de pesca. Más arriba
pasamos frente a un edificio cubierto
por una enredadera. K me lo presenta
como un centro de investigaciones
oceánicas. Fueron quienes encontraron
al Titanic, dice. No se ven los muros,
desaparecidos tras el bloque verde,
solo asoman las ventanas rectangula-
res; ventanas de un lugar que explora
el fondo del océano.

Llegamos a un restaurante al borde
de la costa, donde K solía hacer sus
primeras improvisaciones como
rapero. Me señala una esquina cerca
de la barra. Aquí cantaba yo hace años,
freestyle, dice, y de pronto la esquina
luce más vacía y gastada. Han llenado
el techo de viejos corchos, boyas en
las que alguna vez grabaron fechas o
nombres. Por todas partes asoma un
ancla, un remo, un arpón, el esqueleto
de un pez.

Por la acumulación de objetos col-
gantes sobre nuestras cabezas, entra-
mos no en un restaurante sino en una
de las cámaras de maravillas o Wunderkammer que el Renacimiento legó
bajo la apariencia de archivos totales.
Como casi toda colección que alcanza
su densidad para ser reconocida como
tal, el Wunderkammer seguía la dis-

posición de su propietario, y el repertorio especulaba sobre la geología, las ciencias naturales, la arqueología, las reliquias religiosas, la filosofía, el arte de la época. Lo singular de estas cámaras no es su vocación de archivo siempre incompleto, sino el uso del espacio limitado porque, aún persiguiendo un sentido del orden, la distribución y colocación de los objetos no discrimina entre la noción de pared, techo o incluso piso. Como si dentro del cubo, todo aquello que establece el sentido del mundo y sus percepciones –tal como lo desconocemos o como lo conoce el hombre de su tiempo– dejara de existir. El Wunderkammer es un arca ingrávida, un espacio corroído por la documentación de lo que naturalmente pertenece al exterior y le es ajeno, el archivo cuya instalación pone en evidencia la imposibilidad de una estrategia de ilustración absoluta por medio de la acumulación. En su vocación totalitaria suspende las reglas del universo saqueado. Y aquí estamos ahora, un gabinete de curiosidades para rehacer el mar.

K me da las instrucciones para destruir la langosta que han traído hasta la barra. Es una especie más pequeña de langosta a la que llaman chicken

lobster. En una taza blanca el crustá-
ceo de un color incandescente como
un juguete radioactivo parece estar
sentado haciendo equilibrios. Para
abrir una tenaza debes hacer todo lo
que no se le debe hacer a un brazo,
dice K. La gira en sentido contrario,
haciendo palanca en lo que sería el
codo, y cuando encuentra resistencia
continúa aplicando fuerza hasta que-
brarlo. Levanta la tenaza almendrada
y la mete en una pinza que han dejado
en la bandeja, con la cual es posible
partir el cascarón. Por fin obtenemos
una masa blanca que aún mojada en
la mantequilla pareciera falta de sal.
Me toca a mí la otra tenaza prendida a
la langosta. Repito la maniobra, pero
me sale mal y de un golpe volteo sobre
la barra mi vaso de cerveza. El líquido
se acumula en un canal que hace la
terminación de la barra, no sé si con
función estética o precisamente para
casos de iniciación como este. Intento
secarlo todo con varias servilletas que
se encharcan.

Como si pudiera sumarse algo más
a la acumulación decorativa, las servilletas de papel traen una extensa cita de
Conrad, que rescato de la última servilleta seca: «Todos los trazos sinuosos
que el curso de un velero va dejando

sobre el blanco papel de una carta náutica apuntan siempre a ese minúsculo punto: tal vez una pequeña isla en mitad del océano, un único cabo en la larga costa de un continente, un faro sobre un acantilado, o simplemente la puntiaguda silueta de una montaña como un cúmulo de hormigas flotando sobre las aguas. Pero si se ha avistado en la demora esperada, entonces esa Recalada es buena. Brumas, tormentas de nieve, temporales con abundancia de nubes y lluvia, esos son los enemigos de las buenas Recaladas.» Cuando el único indicio del accidente es mi vaso de cerveza sospechosamente vacío, K me dice que el bote estará listo pronto, que en estos días hace buen tiempo en el cabo.

A la salida agarro una cajita de fósforos que ofrecen en una cesta como recuerdo y publicidad del lugar. Waterfront Dining. Establecido en 1946. Cartón azul oscuro con letras blancas, y un dibujo del mar con un bote y un faro inclinados en direcciones opuestas, ambos a la deriva del mismo temporal.

Un día después de la segunda declaración de Castiñeira la Jefatura Superior de la Policía expidió la respuesta solicitada, con el objetivo de señalar que en su jefatura no constaba ninguna denuncia respecto a la embarcación reseñada. Sus gestiones para la localización de la misma, por demás, no habían arrojado ningún resultado. El escrito llegó al Juzgado el 2 de agosto. Volvieron a redactarse las notas de providencias y diligencias, traduciendo al papel las operaciones realizadas en los días pasados: cita del patrón del Eduardo Pondal para nueva declaración, solicitud a la Policía por las gestiones de la desaparición, recepción de la respuesta del Jefe Superior de Policía de La Coruña.

Después de un par de semanas sin noticias del Ocean Wave, un mediodía, Gil Cagiao llegó con una nueva información para el Sargento Electricista, una torsión del expediente del caso que no sabía muy bien cómo anunciar.

–¿Recuerdas la carta del cónsul pidiendo estar enterado del proceso? Dice ahora que nos visitará acompañando a la viuda del holandés.

–Nunca había pensado en la familia del hombre.

–Porque no hubo cuerpo. Quién se va a poner en su lugar cuando no hay más que un sextante de plástico; hasta el bote está perdido. El hombre era un artista.

–¿De cine?

–Un pintor o algo parecido.

–¿Famoso?

–Este es un caso cada día más complicado. El navegante venía en su yate desde Cabo Cod, Massachusetts, y efectivamente, como le había atinado Castiñeira, había salido hace seis meses. Pero no para romper el récord.

—No era para romperlo, aunque lo rompiera. ¿Y pronto va a estar aquí su viuda?

Estuvieron callados el resto de la tarde, como evitándose. Al final del día, Gil Cagiao esperó a Neira fuera con el pretexto de hacer tiempo fumándose un cigarro. Cuando el otro le pasó por el lado y se despidió, el Teniente de Navío le dejó caer:

—Al final, Castiñeira va a tener razón. Lo mejor es que hubiera dejado ese bote en el caladero donde lo encontró.

El Sargento Electricista se detuvo y lo miró desde unos escalones más abajo que los equiparaban en estatura.

—¿Lo dices en serio?

—No.

2. En busca del milagro

Para familiarizarse con el desaparecido más que con la embarcación robada, al día siguiente extendieron sobre la mesa trece tarjetas rescatadas de su billetera. Unas de identificación, otras de negocios; se sumaban tres recortes mínimos de periódicos y dos papelitos anotados.

«Not good for identification» anunciaba el eslogan de la tarjeta de una biblioteca. No sería buena en los límites de la universidad o en los servicios de Los Ángeles, pero si intentabas atravesar el Atlántico Norte y encontraban tu bote flotando y de él sacaban tu billetera con algunos documentos y uno de ellos resultaba ser la tarjeta de la biblioteca, sí era útil para identificar tu cadáver. Además del nombre traía una dirección: 7507 Sunset Boulevard 16, Hollywood, CA. 90048.

No imaginé el lugar, he copiado la dirección en Google Maps. Mahin Building, dos pisos, igual a todos los edificios que se ven en esta zona de Sunset Boulevard: una franja puntuada por palmeras de diez metros que explotan por encima de las construcciones. Fachada plana, sin ornamentos. Cuatro fracciones en el primer nivel ocupadas por diferentes servicios. Uno de ellos anuncia en un toldo negro Mr Musichead Gallery, Where Music Meets Art, establecido en 1978. Dos restaurantes thai. En la acera de enfrente, la librería Kovcheg de libros rusos, donde en los años 70 probablemente se vendió con éxito al filósofo místico Peter Ouspensky, y todavía tal vez se venda.

Una tarjeta Master Charge, la primera de las que luego vendrían como MasterCard en la conflagración de los banqueros californianos. Esta ya traía el logo de los dos círculos que se cortan, uno rojo y otro naranja. Master Charge The Interbank Card.

Una tarjeta del seguro médico Kaizer Foundation Health Plan Inc. Southern California Region. La mayoría de sus datos se habían gastado. Conservaba legible un 0096-01 como número de grupo. Sexo masculino; fecha de nacimiento 04/42.

Dos identificaciones de la universidad de Irvine, ya expiradas. Una de recreación y deporte y otra de lecturer en artes. Esta última aseguraba su filiación: el abajo firmante es un miembro del equipo de la Universidad de California-Irvine. Válida solo por un año, el curso 1974-1975. Número de identificación de empleado 007085. La de recreación era similar, debajo del nombre se le reconocía como miembro del Departamento de Bellas Artes; también expirada el 14 de junio de 1975.

El recibo en blanco de una taquilla:

LOCKER NO. _____
To open the combination lock:
1. Turn dial twice to RIGHT

stopping at _____
2. Turn dial one complete turn
to LEFT stopping at _____
3. Turn RIGHT stopping at _____
4. Pull lock down to open.

La ausencia de los números podía sugerir el modelo para una taquilla que aún no había habilitado, o tal vez los números habían sido anotados a lápiz y se borraron con el agua. En cualquier caso, quedó vacío; pero apuntaba a una taquilla en algún lugar y a una combinación de la que sobrevivían los timonazos a derecha e izquierda.

Una licencia de conducir con dirección distinta a la de la biblioteca: 4207 Franklyn Ave #4, Los Angeles, CA. Además del sexo y la fecha de nacimiento, esta añadía ojos azules, pelo rubio, seis pies de altura, 140 libras de peso. Por la humedad su foto había quedado borrosa.

Dos tarjetas idénticas de una tienda de enganches para remolcar un tráiler o un bote, M&M Shop. Las emes venían del apellido de los propietarios en la esquina de la tarjeta, Bill y Ed McGinley. Dos hermanos, o padre e hijo como el padre y el hijo que crearon el logo de MasterCard, o dos McGinleys sin relación que se encontraron y decidieron que la coincidencia de sus apellidos, por encima de la referencia a la fábrica de chocolates, les garantizaría un próspero negocio de enganches en el 6010 de San Fernando Road, Glendale, California.

Una tarjeta de la biblioteca pública de Los Ángeles, con la misma dirección de usuario de Sunset Boulevard.

La tarjeta de Hongpyo Lee, cardiólogo.

La tarjeta de Norman K. Smith, superintendente de mantenimiento técnico de la empresa Orange County Transit District, en Santa Ana.

La tarjeta de una tienda de plásticos en Santa Mónica que vendía resinas, pexiglás, acrílico, fibra de vidrio, vinil, poliespuma, y que abría de lunes a sábado, de 9:00 a 5:30.

De los tres recortes de periódico, en uno podían leerse los anuncios de los clasificados de una venta de tráileres para botes y otro de compra de botes: Boat Trailers / Boats Wanted. Un recorte con detalles sobre una nueva motosierra en el mercado, Homelite XL. Un recorte con información sobre una venta de yates: Bob Morris Yacht Sales.

De los dos papelitos, uno traía escrito a mano las anotaciones para un Chevrolet del año, azul medianoche. Midnight blue poly, 1975 Chevy. El otro, la dirección postal de A. Lam, velero en Shaukiwan, Hong Kong. Shaukiwan, una ciudad formada alrededor de la pesca, alberga entre sus creencias autóctonas la adoración a Tam Kung, divinidad marina que puede controlar el clima y a la que se le pide el regreso a salvo cada vez que se va al mar.

Cuando terminaron de leer las tarjetas y recortes ambos se habían fabricado en su mente distintos personajes imaginarios. Sin embargo, tal vez por estar juntos en ese momento en el Juzgado, influenciados por el mismo espacio, o porque los dos compartían referentes similares a la hora de suponer un caso policial extranjero, Gil Cagiao y Neira Vázquez coincidieron en asignarle al holandés errante el mismo escenario mental.

En el portal de una casa sureña, imaginó uno, sentado en una baranda de maderas en cruz, está Bastiaan Ader con un pie colgando hacia fuera y el otro doblado en un triángulo, como quien no encuentra acomodo con lo que sucede dentro de la casa e intentara subrayar con desdén su falta de integración o como si repitiera una postura secreta que le hiciera recuperar un tiempo y un lugar trasatlántico.

La casa es la misma, un poco más temprano porque la luz del sol llena el portal y deja en el piso las cruces de la baranda de madera. Un Bastiaan Ader que no se parece en nada al anterior, aunque también es rubio y esbelto, imaginó el otro, camina por el dibujo geométrico de sombra como si subiera una escalera que, sin embargo, solo conduce hacia delante. Va silbando pero no se oye la melodía. Para escucharla solo se tienen la boca en u y sus pasos que acompañan un ritmo divertido.

lunes 24. Cerca de aquí filmaron *Jaws*, dice V señalando un lugar que ya la oscuridad nos impide ver. Como si fuera un secreto de cine, T revela que en la primera escena el tiburón no se ve porque tuvieron problemas de producción con el modelo mecánico, y se inventaron la subjetiva del pez bajo el agua. Desde la terraza miramos las luces, si unimos los puntos podemos dar con la silueta de la bestia.

Jaws por mucho tiempo se llamó para mí, según su versión nacional subtitulada, *Tiburón sangriento*. Cuando niño podía ver las películas y memorizarlas en detalle, como un espacio por el que hubiera caminado. *Tiburón sangriento*, sin embargo, fue la primera película que vi y que al terminar no recordaba. Esa noche estoy en la cama, en la oscuridad, dándole vueltas a la historia como si me contara un secreto a mí mismo. Me produjo un estado de terror perder una habilidad que me parecía natural. No se trataba de haber olvidado el relato a grandes rasgos o la persistencia de algunas escenas —recordaba, por ejemplo, la noche en que cantan dentro del bote y descuidan la cercanía del peligro—; había perdido la capacidad de recordar la película de conjunto. Esa noche me obligué a reconstruir toda una trama cuyos fragmentos debía convocar guiándome por la solución de continuidad de lo que iba componiendo. Me preguntaba: ¿después de esto, qué hizo?; ¿qué lo llevó antes a tomar tal decisión? Si recordaba algún segmento más interesante que no se correspondía temporalmente con lo que había acumulado, trataba de no visualizarlo por más nítido que fuera porque temía que una vez complacido en la restauración de esa escena suelta perdiera la posibilidad de recuperar lo que la linealidad aseguraba y no supiera luego cómo llegar hasta ella desde lo que ya había logrado. Terminé mucho después de la medianoche, atormentado y sudoroso, con una historia probablemente muy alejada de la original.

Las primeras páginas de *Tishomingo Blues* avanzan rápido. Un clavadista venido a menos prueba suerte en los hoteles del Sur, les propone a los dueños hacer un número de clavado por unos dólares, trae su propio tanque y adapta la caída a las características del hotel: se lanza desde alguna pared del edificio. La historia se activa una tarde en que Dennis Lenahan acaba de montar su tinglado y está a varios metros de altura, sobre el trampolín que ha arriostrado a un muro del hotel, cuando dos mafiosos asesinan a un hombre detrás del improvisado tanque de clavado. Él sigue en lo alto, a la vista, pero fuera de la escena; fuera de la escena pero inmóvil, sin posibilidad de escape. Me entusiasma esa construcción. El clavadista imposibilitado para

el salto, porque en su círculo definitorio
se ha instalado el crimen.

El miércoles primero de septiembre de 1976, temprano en la mañana, una mujer rubia escoltada por Ángel Rego, cónsul de los Países Bajos, llegó al Juzgado Especial de la Comandancia Militar de Marina de La Coruña donde los esperan el Juez Instructor José Luis Gil Cagiao y el Secretario Cándido Neira Vázquez. Era una mañana despejada, el día comenzaba con una brisa continua. Mary Sue Ader había despedido a su esposo un año atrás en Chatham, Cape Cod, mientras él entraba al mar con la idea de cumplir la segunda etapa de una obra, que consistía en atravesar el Atlántico en un bote minúsculo. El cónsul haría de traductor en todo el proceso.

He supuesto a Ángel Rego de la siguiente manera: era, en principio, o había sido, un estudioso de la literatura inglesa. Pero no la entendía. Dedicaba todo su esfuerzo a fundar un saber literario como si tratara de generar un capital, y la consagración crítica de las obras a las que intentaba acercarse siempre lo sobrepasaba, lo dejaba atando cabos. Planeaba teorías sobre elementos narrativos inexistentes que, la mayoría de las veces, lo impulsaban a asignarle a los textos un argumento inverosímil y una interpretación distante y estrafalaria. También cargaba con la culpa de haber matado a un hombre accidentalmente. Si entonces no se entregó a las autoridades ni se hizo responsable del cuerpo fue, precisamente, por su devoción a la literatura inglesa. Cuando se bajó del auto aquella noche en las afueras de Sheffield y, tal como había leído en las repetitivas novelas de enigmas, le hundió dos dedos en el cuello al borracho que había tirado a un costado de la vía, notó que no había pulso. Aceptar el crimen (¿culpar al timón a la derecha?) lo apartaría de sus estudios por tiempo indefinido. Al volver a su habitación alquilada reconoció que no podría seguir en Inglaterra, porque en esa isla había ahora un fantasma aportado por él. Regresó a España con sus libros en inglés. Volvió a hacer carrera, pero con la familia presente a toda hora y una vuelta tan intempestiva, tuvo que declarar que ya no le interesaba la literatura sino las leyes. Puso toda su disciplina en ello, como una forma personal de penar la culpa, al punto de haber reconstruido una profesión basada en ese desvío. Llegó a trabajar en Ámsterdam, ciudad por debajo del nivel del mar, donde comenzó a acumular pesadillas en las que siempre impactaba a un ciclista y lo lanzaba a uno de los canales. Volvió a La Coruña por temor a reincidir con el crimen en el extranjero.

Es un hombre avejentado, con una mirada reprobatoria sobre casi todo. Parece un monje que hubiera colgado los hábitos luego de mucho tiempo sin presenciar una señal divina, pero que aún no ha perdido la resistencia de la fe. Rego ha visto su responsabilidad en este caso como una oportunidad de redención.

martes 25. Después de seguir un camino definido por dos hileras compactas de pinos enanos, llego al borde de una laguna con un puente. El terreno abierto debe ser el jardín de la casa de tres pisos, alejada de la orilla unos veinte metros. Cerca de la laguna han crecido otros pinos, imponentes, y un árbol retorcido y elástico del que cuelga una hamaca deshilada. En otro momento del día o del año este escenario hubiera garantizado un relato de terror, pero ahora la luz del sol es tan noble y la tierra sigue estando tan fría, que los troncos que limitan el agua y la casa cerrada a la distancia, con sus cortinas radiantes, se cargan de una nostalgia solo comparable con algunos despertares involuntarios.

Doblado en la baranda del puente, me fijo en que me han crecido demasiado las uñas. Pienso en recortarlas con los dientes, pero están duras; hace mucho dejaron de ser la queratina reblandecida que con solo una fisura podía seguirse su curso hasta arrancarlas. Miro mis dedos desde una vaga enajenación. Recuerdo la vez que descubrí que la forma de mi mano se había convertido en la forma de la mano de mi padre. El pulgar no, el pulgar es materno.

Unos patos se organizan al verme y vienen hasta la sombra del arco, seguramente buscando comida —¿las uñas? Cuando se dan cuenta de que eso no va a suceder, se dispersan flotando.

Cerca de aquí también está Nantucket, la isla donde Ishmael, en *Moby-Dick*, sube al ballenero Pequod. Tenía tres barcos para escoger, cada uno con el propósito de una travesía de tres años, como si cada barco y cada tríada de años ofreciera la posibilidad de una novela distinta. Suponer la novela del Devil-Dam, la novela del Tit-bit. Suponer la escritura de los barcos que zarpan sin uno. «¡Nantucket!», escribe Melville en el Capítulo 14. «Toma tu mapa y míralo.» Las líneas avanzan a través de los años de lectura: si en 1850 el lector atesoraba mapas en su estudio como una curiosidad decorativa o un potencial instrumento, hoy la invocación llama a una búsqueda en la pantalla del teléfono. En pocos párrafos, la descripción que hace Melville podría fundar el realismo mágico. Anota las rutinas de unos isleños que caminan con zapatos en forma de esquíes para evitar las arenas movedizas y que plantan setas frente a sus casas para obtener al menos esa sombra, mientras a las sillas y mesas se adhieren almejas como al carapacho de viejas tortugas. La isla de arena fue descubierta cuando un águila secuestró a un niño indio en la costa de Nueva Inglaterra, ante la vista de sus padres; estos y algunos más que se unieron, navegaron en canoas siguiendo por mar la ruta del ave rapaz. Cuando arribaron a la isla que sería Nantucket encontraron en la arena una urna de marfil que reconocieron como la osamenta del niño secuestrado. Desde entonces los habitantes de Nantucket no conocen tierra. Cuando escribió *Moby-Dick*, Melville no había estado nunca en la isla. Llegó a ella unos años después, impulsado por la marea baja del fracaso de ventas que había sido su obra maestra. Por Nantucket pasa también Edgar Allan Poe, con Gordon Pym, que igual parte en un ballenero: «Mi nombre es Arthur Gordon Pym. Mi padre fue un respetable comerciante en tiendas de provisiones marinas en Nantucket, donde nací.»

En una exposición en el Museo de Historia Natural vi el libro de bitácora de un ballenero con anotaciones de 1830 a 1833. (Mientras se escribía ese cuaderno, Melville era un adolescente; Poe pasaba de la poesía al relato y escribía *Manuscrito hallado en una botella*.) Tres años de una cursiva de tinta azul, llevando la cuenta de mañanas que arrancaban parecidas todas. «Comienza con fuertes brisas...», «Comienza con brisas moderadas...» En uno de los márgenes de la página en que estaba abierto habían dibujado una campana; en otro, una ballena. El libro de bitácora me pareció una agenda inmanejable donde se desaprovechaba el espacio por la voluntad de documentar la ruta con una caligrafía demasiado legible. Las notas, en cambio, armaban una obra maestra. Ir a la búsqueda de una ballena que existe —la niña y el caramelo. A la salida de la exposición me sentí obligado a comprar un souvenir: una ballenita de hierro con la cola hacia arriba. Un leviatán pisapapeles, hecho en China.

Al poner un pie dentro de la oficina Mary Sue Ader descubrió que se le había roto el tacón del zapato izquierdo. Este inconveniente interrumpió las presentaciones formales y el ensayado pésame. El Teniente de Navío le ofreció la única silla que tenían en el Juzgado para los comparecientes y de inmediato, conociendo los trabajos ocasionales del Sargento Electricista, le pidió a Neira, por favor, si podía hacer algo por la viuda. Se hizo la traducción por medio de Ángel Rego, escolta severo a un lado del asiento, a la que ella reaccionó con perplejidad, bajo la mirada del cejijunto que prometía ayudarla y la vista punzante del oficial recortado que parecía dar una orden. Se descalzó el zapato roto y se lo entregó al cónsul. Rego pasó el zapato como si le quemara las manos.

Neira dejó el Juzgado en silencio y se fue al departamento donde trabajaba la mayor parte del tiempo, en busca de materiales con los que solucionar el imprevisto. Gil Cagiao y Rego se saludaron por segunda vez y hablaron del estado del tiempo en La Coruña. Mary Sue permaneció callada, en el puesto que le habían preparado, apoyando el pie descalzo sobre el pie calzado.

—La señora Mary Sue Ader está interesada en que, de ser posible, se le entreguen las pertenencias de su esposo —dijo el cónsul.

El Teniente de Navío no esperaba que los trámites comenzaran así. Por alguna razón, justificable en la devoción que el orden y la rutina militar depositan en la jerarquía de otros procesos, el pelirrojo había imaginado la conversación como un despliegue de los pasos que habían dado, él como Juez Instructor y su Secretario, documento tras documento y firma tras firma, hasta armar el expediente del caso que ahora con la visita de la viuda sumaría una página más. No supo cómo reaccionar. El arrastre hacia la vida, por llamarla de alguna forma, civil, lo había dejado desubicado. Esta mujer apoyada en un solo pie quería recuperar las pertenencias de su esposo.

El Juez Instructor dio un giro marcial y abrió la gaveta de uno de los archivos. Hundió el brazo langostino y extrajo unas piezas de ropa y un par de objetos más. Ángel Rego le susurró a Mary Sue una larga frase en inglés, una pregunta que Gil Cagiao supuso la confirmación de si ella estaba preparada para el reencuentro. Por eso se detuvo un instante a esperar por la respuesta traducida, pero no fue necesario porque ella ya no atendía al cónsul; había clavado la vista en el paquete cuando

dijo sin conmoción, como si al mismo
tiempo reconociera las pertenencias:

–Yes.

Mary Sue Andersen y Bastiaan Ader se casaron en Las Vegas.
Se habían conocido en Los Ángeles. Él se había matriculado
en el Otis Art Institute y ella era la hija del director. Bastiaan
Ader asistió a su boda apoyado en un par de muletas y así se
mantuvo durante toda la ceremonia, que ocurrió en un día
luminoso, de brisas moderadas. Supongo que todo lo sublime
es simultáneamente patético, pero quien se cruce con la fotografía en que, por fuera del recinto, Bastiaan Ader apuntalado
por las muletas se precipita en un equilibrio endeble hacia la
figura de Mary Sue, una muchacha que, por otra parte, parece
el portal de entrada a otro mundo, entiende que las muletas
son la confirmación de que él estaba totalmente enamorado. Se
besan. Ella le sostiene la cara. Sobre la mejilla visible se abren
en abanico los cuatro dedos y en uno de ellos, en lo que puede
suponerse pues es una foto movida, reluce un anillo. Bastiaan
Ader es más alto. Impulsado por la agarradera de la muleta y
doblado hacia abajo parece que se vierte en la boca de Mary Sue.
Ella lo recibe alzando el cuello, puede que esté empinándose en
la punta de sus zapatos. Lleva el pelo cortado a la altura de los
hombros, peinado por detrás de la oreja. La foto está tomada
en el jardín de un edificio de vidrio. No se ve a nadie más.

Sacó algunas puntillas que usaba
para los arreglos electricistas y mor-
diéndolas con los labios ceñidos, volteó
el zapato, lo apoyó en el marco de la
ventana abierta y comenzó a clavar el
tacón. Tenía miedo de romperlo. Le

parecía que por ser el zapato de una viuda era mucho más frágil, pero para arreglarlo debía martillar con fuerza.

Neira no tenía memoria de haberse conmovido nunca, incluso en los momentos en que había intentado entristecerse, porque le parecía natural mostrar algún tipo de dolor, no lo había logrado. Su abuelo había muerto cuando él era un niño, y recordaba cómo ese día su madre lo había protegido, preocupándose por su estado todo el tiempo, en su memoria, más que de ella misma porque lo sabía muy apegado al anciano; él, sin embargo, pasó el entierro y todo el luto con una sensación incómoda de responsabilidad por un llanto que era incapaz de producir. El dolor físico le causaba rabia y la compasión por otros la procesaba en un revés disciplinario confirmado más tarde en su formación militar. El Sargento Electricista Cándido Neira Vázquez se había hecho soldado porque creía que no le tenía miedo a la muerte. No sabía que la sombra de cada soldado es una muerte distinta, una para cada uno, y él tenía la suya acompañándolo desde entonces. Cada día se distanciaba más de la congoja, se volvió hermético y distante de sí mismo. No sabía qué hacer con las lágrimas del abrazo de despedida de su prometida, cada vez que se separaban en las contadas visitas del año.

Esta vez creyó que se había mareado cuando vio emborronarse todo. Sintió un escozor en los ojos. No lo puedo creer, pensó, estoy llorando. Con una navaja levantó la plantilla de piel de la suela de goma, para clavar desde allí unas puntillas más pequeñas. La varilla de metal del tacón no estaba partida, pero al parecer por algún mal paso la suela no había resistido y se había despegado. Terminó de clavar y se limpió la humedad de los ojos con los dedos de una mano. No había llorado tanto. Sacó un frasco de vidrio con pegamento para madera y lo aplicó con cuidado de no dejar que se saliera por fuera y embarrara la piel o la suela. Levantó el zapato con las dos manos y comprobó la forma que había recuperado. Le pareció bello y delicado, y al mismo tiempo de una vulgaridad cotidiana aportada por las marcas de uso; algunos raspados en la punta, por ejemplo, o una pronunciación muy pulida en la piel tras la zona del dedo pequeño, el contrafuerte que ceñía el talón se desviaba cansinamente hacia la derecha. No paraba de arrugar la cara y ondular la uniceja, tratando de cerrarle el paso al llanto. Por el espacio triangular que dejaba libre la suela y la palma de sus manos en que se apoyaban la puntera y el tacón, Neira enfocó el mar, y descubrió, inmóvil, que la línea lejana del horizonte atlántico pasaba justamente a ras de la yema de sus dedos. El zapato de Mary Sue Ader se apoyaba allí, por debajo de las nubes y sobre el fino alambre imaginario. Neira sintió algo que hacía muchos años nadie experimentaba, un saber que una vez superado ya parecía implantarse en la realidad por menos instrucción que se tuviera. Quiero decir, Neira por unos segundos sintió, al no encontrar otra manera de expresarlo, que la Tierra era plana.

Descubrió que le gustaba llorar, que cada llanto –ya conocía el camino para llegar a él y le parecía que vendrían muchos más y no los dejaría pasar– era una batalla ganada a la muerte. A esa muerte que como soldado le correspondía.

martes 25. Una familia ha sacado a sus dos perros hasta la laguna. El hombre les lanza al agua unos palos, la mujer acuna a su bebé sobre un hombro. Él recibe a los perros mojados, que van llegando alternativamente, les arrebata el palo de la boca y vuelve a lanzarlo. No sé de qué raza son estos perros, monstruos anfibios que se asoman a la superficie por un segundo con la misión de entregar un edicto arrebatado de sus fauces e inmediatamente devuelto a la laguna. Dos perros, una laguna, una familia joven. Podrían formar una pintura, un adorno de cerámica kitsch. Retengo el rostro de la mujer y justo ahora me ha parecido que es infeliz. Pero tal vez es solo que el bebé le pesaba demasiado. Creo que eran menores que yo en edad. Me cuesta reconocer a las personas de mi edad si las veo formando una familia.

A unos doscientos metros está la playa. Del otro lado de la carretera, en la franja entre la línea de asfalto y la orilla del mar, construyeron algunas mansiones. Desde la arena se ven como maquetas dejadas caer, sin orden ni horizontalidad, sobre las irregularidades de una larga duna. La parte seca de la arena está infestada por esqueletos de artrópodos, en algo semejante a los trilobites. Cada dos pasos veo cascarones simétricos de las cucarachas gigantes llamadas horseshoe crab. Lo que queda de ellos en esta época del año es una osamenta blanca, delgada y vacía. El agua y el sol los han consumido, y la arena les otorga un entierro a medias según sople el viento. Luego de caminar un poco más descubro, instalado de frente al mar, un banco de parque. Algún millonario con un desarrollado sentido del ridículo y de la propiedad privada habrá reconstruido la imagen mística del banco ante el océano. A esta hora de la mañana un cielo nublado oprime la percepción del horizonte y los rayos de luz que bajan por las grietas de las nubes envuelven al banco en un aura evangélica. Apartando las implicaciones del escenario, me siento en un extremo. Las tablas están ya un poco arqueadas.

El horizonte como objeto de admiración no siempre fue visible. El espejo de Claude es una prueba de ello. Se trata de una especie de retrovisor negro del siglo XVII que permitía ver el panorama, reconocerlo bajo una forma pictórica. Entonces mirar directamente el abismo impedía reproducirlo, imposibilitaba, en primera instancia, apreciarlo. El espejo de Claude, un vidrio oscuro y convexo, captaba un objeto en formación en aquel momento: el paisaje. La oscuridad en la superficie permitía afinar la imagen y le otorgaba al reflejo un acabado preciso y artístico. Los pintores recurrían a él no como a un instrumento intermediario sino como al modelo mismo. También lo llevaban consigo varios románticos. Para admirar la naturaleza o representarla había que darle la espalda, oponerse a ella. (Todos lo hemos hecho de niños, con una cuchara plateada; mirar en la cuchara la casa entera.) Como algunos espejos de Claude solían presentarse en la forma de una polvera es posible encontrar dibujos de la época en que un observador solitario, de espaldas a lo invisible, mira en el vidrio oscuro como si se corrigiera el maquillaje. Las burlas que levantó entre sus contemporáneos deben ser parecidas a las que hoy condenan la devoción instagramática o el selfie. Para usar un espejo de Claude aquí, el banco debería estar oponiéndose al mar, de lo contrario se reflejaría un desierto salvaje que levanta a lo lejos una mansión vacía.

Debajo del banco hay otro cascarón de la legión de artrópodos muertos. Algunas láminas son tan finas que se trasparentan. Pudiera ser confundido con un embrollo del papel alba —un papel de dibujante que seguramente debe su nombre al eco de alguna marca. Mi abuela materna tenía una gaveta llena de dibujos en papel alba que eran las plantillas para sus bordados. En un primer acercamiento, siempre clandestino durante las visitas a su casa, las figuras lucían incomprensibles porque guardaba los modelos doblados, y al sacar uno de ellos era imposible adivinar qué dibujo traía. Por tratarse de un papel translúcido, los trazos de grafito se superponían con los dobleces y eran todos visibles, algunos más oscuros que otros. Como es de esperarse de las figuras felices bordadas en manteles y paños de cocina, el repertorio era sencillo. Esquemas de frutas, en racimos o sueltas, con una hoja colgándoles del tallo cortado, comunes o remotas como una ciruela extranjera. A los dibujos más exitosos se les hundía la línea del trazo, casi quemada ya. La función de las plantillas era ser calcadas por medio de un papel carbón sobre la tela enmarcada en los aros. Lo que se extendía en el papel era memorizado de una manera distinta, no en su totalidad, sino cada línea, como frente a las instrucciones de un mapa. Al levantar el papel alba y el papel carbón, no siempre aparecía la figura completa y la huella del dibujo debía ser reconstruida en la tela. Para esos casos se requerían más habilidades de dibujante que de bordadora. Al rellenar las zonas con distintos colores de hilo —un color para la hoja y otro para la fruta–, mi abuela perdía la lógica de su reconstrucción al natural y dejaba áreas sin colorear, pertenecientes, según su percepción, a un vacío que atravesaba el modelo; o rellenaba partes con un hilo cuyo tinte no correspondía a la naturaleza del fragmento. Después de trazos y costuras, sus obras terminaban afirmándose como objetos imposibles de devolver al espacio. Dibujar con la ceguera del trazo y privado de la contemplación del avance, cuyo triunfo depende totalmente del resultado final, me ha parecido semejante a la navegación.

Neira entró al Juzgado y al ver que Mary Sue cargaba en sus rodillas las pertenencias del esposo no supo qué hacer con el zapato arreglado. Todos guardaban silencio. El ambiente se llenó del olor a pegamento para madera. Tal vez animada por el aroma, Mary Sue se bajó del trono del dolor y colocó allí al hombre alto, cejijunto, de ojos enrojecidos como si hubiera llorado, y se compadeció de él, que que aterrizaba en la sala silente con un zapato de mujer entre las manos. Extendió un brazo en dirección al Sargento Electricista. Neira dio un par de pasos y se dobló para devolver el calzado. En ese intercambio, reparó en el anillo. Mary Sue, en agradecimiento, le sonrió con toda la honestidad que puede ofrecer una viuda.

—No puede usarlo ahora —le dijo Neira a Ángel Rego—. Tiene que esperar a que se seque.

Ángel le tradujo y ella sumó el zapato huérfano a las pertenencias; las acomodó sobre los muslos y cruzó el pie descalzo por encima del otro. Gil Cagiao miró el pie desnudo, pequeño, con sus cinco dedos apuntando en un ángulo agudo a la puerta de salida, y le pareció que era la primera vez que veía un pie dentro del Juzgado.

Neira ya estaba del otro lado de la máquina de escribir, dispuesto a recibir el dictado del Juez Instructor que notificaba la comparecencia, en fecha y lugar correspondiente, del cónsul de los Países Bajos Don Ángel Rego González y de Mrs. Mary Sue Ader.

—No hablando el idioma castellano la dicha Mrs. Mary Sue Ader, el cónsul se compromete en este acto en hacer las veces de intérprete entre este Juzgado y dicha señora, y jura cumplir bien y fielmente con su leal saber este oficio de traductor.

Neira levantó la vista de la máquina de escribir y miró a Rego, como para asegurarse de que estaba escuchando la parte de su responsabilidad. Gil

Cagiao continuó la narración que era, al mismo tiempo, todo lo que Neira se había perdido por estar arreglando el zapato:

—Preguntado convenientemente el señor cónsul compareciente manifiesta que el motivo de su personamiento en este Juzgado acompañando a la señora antes mencionada, es porque interesa a la viuda del desaparecido, Bastiaan Johan Christian Ader, que de ser posible le sean entregadas las pertenencias de su esposo a lo que accede el señor Juez y se le hace entrega de un sextante marca Ebbco, unas gafas de sol, tres calzoncillos, seis pares de calcetines y un jersey azul.

Neira apretó las muelas porque sintió que podía volver a conjurar la muerte. Los ojos le ardieron con cada enumeración de las pertenencias. Gil Cagiao se animó a explicarle a Rego en qué consistía el expediente a un lado de la máquina de escribir. En lo alto del fajo de documentos se advertía el escudo con el Águila de San Juan, y debajo el rótulo Administración de Justicia. Detenía su explicación para dar tiempo a que el otro la tradujera y así esperar cualquier comentario de la viuda, pero ella solo asentía como si confirmara una lista que se hubiera armado por sí sola. Gil Cagiao, con vergüenza, pasó a explicar el proceso de desaparición del bote. Esta vez Mary Sue intervino.

—Según expresa la señora —dijo el cónsul—, en caso de que la embarcación no apareciera, renuncia, en beneficio y gratitud a la persona que la halló en alta mar, a la indemnización que pudiera corresponderle.

Ante el silencio abrupto de Ángel Rego, el Juez Instructor tomó la decisión de ponerlo por escrito y lo reelaboró en dictado a Neira. A mitad del dictado, Mary Sue pidió que se detuviera la máquina de escribir otra vez, y le dijo algo al cónsul. Intercambiaron unas cuantas frases, hasta que ella quedó conforme.

—Según expresa Mrs. Mary Sue Ader —comunicó Rego—, quiere hacer constar que en el supuesto caso de que fuese hallada la embarcación, es su deseo que le sea entregada, al menos como recuerdo, a través de mí.

Neira volvió a sentir los embates de un llanto menor, que aprendió a controlar. Gil Cagiao continuó hilvanando el documento sobre la marcha:

—Se hace saber por medio del señor cónsul a la compareciente el estado del presente Expediente así como la desaparición de la embarcación que al parecer ocupaba su infortunado esposo y manifiesta la interesada que en caso de que la embarcación no fuese hallada, renuncia en beneficio y en atención al comportamiento del Patrón del Pesquero hallador Don Manuel

Castiñeira Alfeirán a la indemnización que en su caso pudiera corresponderle, si bien hace constar que en el supuesto de que fuese hallada, siquiera como recuerdo, es su deseo le fuese entregada a través del cónsul Don Ángel Rego González.

El resto del dictado se refería a un asunto que Neira asumió que se había conversado en su ausencia. Trataba sobre el interés de Mary Sue por recuperar las tarjetas de identificación que formaban parte del expediente, y también los recortes de la prensa donde se notificaba sobre el hallazgo; todo esto para realizar trámites en su país. El Juez Instructor había expresado que mientras el expediente del caso estuviera abierto y no se finalizara su tramitación ni se lograra la autorización de la Superior Autoridad Jurisdiccional, no iba a ser posible. Pero una vez tramitado se comprometía a esta devolución por medio del cónsul. Neira leyó en voz alta todo el documento para pasar a las firmas. Cuando acabó la lectura de aquello que repetía con desconfiada obediencia la realidad, se dio cuenta que no se menciona nada allí del trámite del tacón colgante.

Esta vez, bajo las letras martilladas, el documento recibió cuatro firmas. Claramente se usaron dos plumas. Una de punta gruesa, tal vez de fuente, con la que se inscribe a la izquierda del texto la conocida firma que tiende a la palabra lumbre; la de Mary Sue Ader, a la derecha; y la de Ángel Rego, una línea más abajo; otra pluma, de punta fina, sigue reservada para el trazo enmarañado de Neira Vázquez. De una caligrafía sencilla e ingrávida, la firma de Mary Sue es, desde luego, bienaventurada. Con un vistazo al conjunto de firmas uno podría asegurar que quien está detrás de ese garabato no habla el idioma de los otros. El nombre es un solo trazo, y luego cae Ader como un trébol de tres hojas. La firma del cónsul es la de un poseso, de alguien que intenta ser demasiado legible; la recorre por debajo una larga línea horizontal que pareciera la carretera donde perdió sus lecturas de Chaucer.

Entre las pertenencias recuperadas, Mary Sue separó una media a rayas y antes de levantarse se cubrió con ella el pie descalzo. Echó en su bolso el resto de los objetos, incluido el zapato arreglado. Inmediatamente se arrepintió de guardarlo todo y sacó las gafas de sol para quedarse con ellas en una mano. Por medio de Rego se despidió formalmente de los oficiales y les dio las gracias. El Teniente de Navío Gil Cagiao y el Sargento Electricista Neira Vázquez la vieron cojear, taconeando cuidadosamente de un solo lado, hasta el carro del cónsul. Apoyaba en las losas de la corta escalera su pie izquierdo, protegido por la media a rayas del esposo perdido. En cuanto se asomó a la luz del día, la vieron subirse el pelo y ponerse las gafas de sol. Todavía flotaba en la puerta del Juzgado el olor abrasivo del pegamento de madera.

He pensado que a Gil Cagiao no le agradó la presencia de Mary Sue. Al final del único documento donde ella aparece, hay un toque de sarcasmo o misoginia o incomodidad personal frente a la distancia entre los dos idiomas, la llama «la antes citada repetidamente señora». Repetidamente.

Gil Cagiao no se había propuesto terminar así la jornada de aquel día que había comenzado con una brisa continua. Lo más correcto sería sugerir que una cosa llevó a la otra, aunque en este caso, y para ser más honesto con los hechos, una cosa llevó a la misma. El Teniente de Navío dejó el Juzgado en la tarde y en lugar de irse a su casa subió en dirección opuesta a la calle por donde siempre iba y volvía. No buscaba otro rumbo; regresaba a su casa, pero esa tarde en particular no quería cruzarse con los mismos lugares ni personas que más o menos a esa hora andaban por La Coruña confirmando sus rutinas. Desde que cerró la puerta del Juzgado tuvo la impresión de que estaba caminando hacia atrás, en retroceso en el tiempo y también, por extensión, en el espacio. Obedeciendo a esa impresión, como si no quisiera perder una memoria, la comodidad de una postura o la resistencia de la continua brisa, Gil Cagiao tomó la decisión de extraviarse por el camino contrario.

Avanzó bordeando los muelles y la dársena hasta escabullirse por las calles apretadas de la Ciudad Vieja, recuperó el Paseo Marítimo y caminó con recelo por un costado del recinto de la Cárcel Provincial. Si me cruzo con algún oficial, pensó, creerá que vengo a hacer una diligencia. Decidió cruzar el Paseo y bajar a la costa. Para ese momento ya había reconocido que todo su periplo no era otra cosa que una huida. Buscaba esconderse, agazaparse. Conocía esa playita angosta donde el Atlántico se hundía en la península como un puñal indígena. La encontró vacía. Con el anochecer la marea se había encrespado y el ruido del oleaje era tan dramático que le apagó las ideas. Escaló un costado, por donde la arena no entraba a causa de las rocas, y se recostó a un arbusto que le pareció una encina enana. Aunque dudaba que un árbol como ese fuera a crecer en la costa, la nombró así por la certeza del tallo torcido que recibió su espalda y lo sostuvo toda la noche. Gil Cagiao miraba el mar, o el lugar donde había estado el mar pues la noche se lo escamoteaba.

De vez en cuando subía la vista hasta el faro de la Torre de Hércules.

Los orígenes de la Torre de Hércules, como es de esperar del faro más antiguo del mundo, ya andan perdidos. Dicen que allí el semidiós enterró la cabeza del gigante Gerión cuando lo mató para robarle el ganado, según correspondía en su décimo trabajo. Contradictorio, pues al parecer Gerión era un gigante de tres cabezas. Qué hizo con la otras dos, ¿las tiró al mar?; ¿o están las tres cabezas bajo la torre, mirándose una a la otra? La chispa que inauguró el faro también pertenece a la leyenda. Hércules, designado por Melville «ballenero accidental», hizo un montículo sobre la cabeza enterrada y le clavó una antorcha. Estaba inspirado: inmediatamente fundó allí una ciudad que terminaría siendo La Coruña.

miércoles 26. Las calles por las que regresamos son curvas cerradas. Nos hemos repartido en varios carros porque unos conocidos se han sumado a hacer la visita. Vamos dejando atrás casas iluminadas por dentro con una luz naranja que les otorga una extraña complicidad hogareña. Me sumerjo en una sensación de ansiedad, un impulso comestible, destructivo, hacia esos espacios de luz ámbar. (Tal vez por efecto de un color que asocio con el recuerdo de la miel, probar un trozo de panal y chupar la resina hasta volverla una pasta encerada.) En un momento equivocamos la ruta y para desandar el camino es necesario usar la entrada al garaje de una de las casas. En esa maniobra parece que nos incrustaremos contra el portal y al mismo tiempo es como si mi deseo llegara a poseer el carro y lo dirigiera hacia la luz. Lo que he visto lejano ahora se acerca y cuando tengo a pocos centímetros el vidrio de la ventana donde alcanzo a ver la forma de una lámpara, el auto tuerce por el camino inverso y avanzamos por una carretera negra.

En la casa comemos juntos, bajo una luz tenue que alarga una sola sombra deforme. Mis amigos y sus invitados hablan de salomas y de himnos religiosos. No tardan en pasar de la cita al canto, y del tarareo solitario al canto a coro.

Sobrevivo a tres canciones entonadas y sentidas por estas personas que alrededor de una mesa en la noche de Cape Cod invocan otro tiempo. Por un momento creo que el encuentro ha sido una mala decisión. T insiste generosamente en un himno que desde que lo descubrí en el cine es mi canto religioso preferido. Tampoco conozco otro fuera de los que acabo de escuchar, pero no lo digo. *Leaning on the Everlasting Arms* fue escrito a fines del siglo XIX, a partir de dos cartas que recibió su autor,

Anthony Showalter, en las cuales dos de sus alumnos de una escuela de canto le anunciaban las muertes de sus esposas. No sé si murieron juntas o cada una por su lado, o si eran la misma mujer y los dos creían estar casados con ella. El hecho de que hayan sido las esposas de dos alumnos me hizo imaginarlas jóvenes; cuando investigué un poco más descubrí que Showalter tenía 29 años al componer el himno. Todos cantan ahora, por última vez, ensamblando una armonía ominosa. Su peligro radica –no el del canto, sino el de la melodía misma– en aproximarse a ese despeñadero fácil según el cual siempre hay algo que entregar a cambio de la felicidad.

Antes de que se vayan les pregunto si conocen una más. La conocen, y les pido de favor que la canten. Hay un momento en 1838, en Battery Park, en que Epes Sargent, hijo de marinero, poeta y en sus últimos años espiritista, mira los barcos en el río, se inspira y escribe unos versos. Luego de varios rechazos por la dificultad de sacar de ahí una canción, Sargent da con el pianista inglés Henry Russell, quien percibe una melodía en *A Life on the Ocean Wave*. Un siglo después, en un dibujo animado, Donald y Goofy al emprender una travesía marítima van cantando este himno mientras caminan por el muelle. Para llegar hasta el bote, Donald hace equilibrios sobre la cuerda que lo ata al puente; cuando Goofy intenta subir, también equilibrándose sobre la cuerda, se voltea a medio camino y zafa el nudo. La cuerda, contra algún que otro pronóstico, permanece horizontal y él camina sobre ella al mismo tiempo que la va recogiendo. Su título es una advertencia: *No Sail.*

Al quedarme solo pienso por primera vez en la posición que ocupa mi dormitorio dentro de la casa —el segundo piso, en la esquina que forman la fachada y el lateral derecho—, y cómo había imaginado este lugar antes de conocerlo. Los cantos rebotan en las paredes de madera y la habitación queda a la deriva en una tierra oscura y desamparada.

A life on the ocean wave,
A home on the rolling deep;
Where the scattered waters rave,
And the winds their revels keep!
Like an eagle caged, I pine
On this dull, unchanging shore:
Oh, give me the flashing brine,
The spray and the tempest roar!

A life on the ocean wave,
A home on the rolling deep;
Where the scattered waters rave,
And the winds their revels keep!
The winds, the winds,
The winds their revels keep!

El Teniente de Navío José Luis Gil Cagiao tenía por delante toda la noche y de una manera, no menos posible, todo el mar. Decir que pensó en todo no sería cierto, pero de aquello en que pensó lo pensó todo. La infancia, que es un lugar común, y cada uno de los momentos de su niñez en que estuvo solo. Su carrera como marino y como militar. Los presos cercanos al lugar en el que ahora se encontraba. Pensó en sus padres muertos. En su mujer, que estaría preocupada por él a esas horas. En el pesquero con nombre de poeta. En el bote perdido. Se recostó con fuerza en el tronco de lo que seguía creyendo que era una encina y se abrió el uniforme para masturbarse. Lo consoló reconocer el volumen áspero, un tubérculo deforme, que le otorgaba calidez a la palma de su mano; el brazo langostino amasó el rábano. Favorecido por la posición en que se encontraba, asoció sus movimientos a los de un jinete que apuñaleaba insistentemente el cuello de un caballo desbocado hasta desplomarlo. El desplome llegó con el salto corto del semen hasta el cuenco de la otra mano, y porque tenía hambre, o porque estaba solo o porque se sentía vacío que es más complejo que la combinación de tener hambre y estar solo, se llevó la mano a la boca y chupó el moco que le supo a madera dulce y por un segundo tuvo la visión de un bosque que desapareció dejando en su territorio la silueta de un zapato de mujer. Cuando comenzó a amanecer ya Gil Cagiao no pensaba en nada, disfrutaba del frío, de los olores que también eran gélidos, y al ver centellear el horizonte marítimo tuvo la impresión de que la Tierra era un disco.

3. La vida en la ola oceánica

Neira había salido a buscar una mujer que le recordara en algo a su novia y estaba dispuesto a pagar una noche entera si fuera necesario porque no podía quitarse de la cabeza la visita de la viuda ni quería estar solo. Sin embargo, fue a dar a la ferranchina Viuda de Trillo que, tal como recordaba haber registrado en la primera declaración, Castiñeira señaló como el lugar por donde podía ocurrir el contrabando del bote.

A un costado de la venta, ya cerrada a esa hora, descubrió una taberna oscura y le pareció que cualquier plan que tuviera para la noche podía mejorarse si tanteaba con falso desinterés las conversaciones sobre las ofertas en el aire. Tenía el plan de preguntar directamente si podía conseguir un bote, pequeño y no necesariamente nuevo, pero su estrategia se frustró al descubrir que el hombre al final de la barra, con aspecto de saberlo todo y a quien había pensado acercarse poco a poco en la complicidad de los tragos, no era otro que el chabolero Jesús Regueira, que por su parte también lo había reconocido a él, aunque no usara el uniforme militar, y le hacía señas de que se acercara.

Regueira no estaba borracho, pero los párpados ya le pesaban sobre los ojos enrojecidos; tenía frente a él una botella de vino casi entera –la segunda, le advirtió al ofrecerle asiento a Neira–, y al parecer no era muy bienvenido pues la camarera detrás de la barra no se le acercaba ni hacía mucho por reconocer su presencia.

–Yo nunca he visto nada fantástico en la mar –le dijo, como si hablara del vino–. Nada que uno mire y no sepa en qué términos, llegado el momento, se daría la batalla, ¿entiende? No es como alzar la vista y suponer que de ahí vaya a levantarse algo, un animal, un gigante… Puede ser que uno lo piense, pero si le pasa eso mejor ni suba al barco. Lo verdaderamente horrible es la imaginación. Ver cosas. Yo no lo llamaría ver donde no las hay, sino que eso que hay, todo lo que existe a la redonda, son cosas que ver. Rostros, sobre todo. Una noche conté más de treinta caras y mientras más las miraba mejor se definían. Algunas duraban poco, se les descolgaba la boca, se les reventaban los ojos. Las olas y las nubes pueden ser para eso una perdición. Cuando los barcos enfilan un mal tiempo lo único que queda es beber.

—Y en tierra, ¿por qué se bebe?

—Para marearse, ¿no? Para ir a la mar.

La camarera se acercó a tientas y le alcanzó un vaso a Neira. Por un momento cruzaron miradas y el Sargento Electricista se preguntó si ella sería la viuda que daba nombre al lugar. Regueira llenó los dos vasos.

—Sigo buscando el bote —dijo Neira—. Quisiera encontrarlo como algo personal y pagaría por eso.

—Los barcos deberían enterrarse en agua, varados en tierra firme parecen almas en pena. Y ese bote... La corriente del Golfo vuelve loca a la gente. ¡La culpa es de Cuba!

Frente al tramo final de la barra en que estaban sentados quedaba una ventana abierta por la que se veía una escena de la calle vacía. De vez en cuando entraba por allí un aire caliente.

—Después del Urquiola —dijo Regueira, mirando al piso—, qué más se va a esperar. Todavía no se me olvida la torre de humo saliendo del agua. La Comandancia Militar de Marina con los mapas mal señalizados, viejas cartas de navegación, los rumores de los avisos hechos con anterioridad sobre la existencia de las agujas de piedra, y ustedes dos detrás de un bote de cuatro metros de eslora… Usted haga su trabajo como entienda, pero permítame extrañarme de las proporciones.

—A menos que una cosa tenga que ver con la otra, ¿le parece? El patrón del Pondal mencionó este lugar como un sitio en que se podía comprar cualquier objeto de valor que se pierde en los muelles.

Regueira llenó su vaso pero no lo probó. Se entretuvo dándole vueltas como si le buscara algún defecto.

—Yo lo vi, no es mentira. El bote existió. Nadie nos ha pagado para que hagamos el cuento de un bote fantasma, si es lo que está pensando. Tampoco lo vendimos. Ni es mentira que aquí se cierran negocios y se vende de todo; este lugar no fue un nombre que dijeran para despistar. Ahora, ese bote no me imagino cómo pudieron llevárselo. Eso no es algo que uno vaya a decir en el Juzgado porque uno no va allí a hacer cuentos de caminos, uno va a decir lo que le preguntan… Había algo en él que era… no sé decirlo. Desde que lo vi arrinconado supe que algo iba a suceder, y en diez días llegó ese incendio horrible de la bahía que cerró el horizonte.

Por alguna celebración popular, un cordón de banderitas triangulares cruzaba la calle y Neira reparó en ellas. Vibraban con el viento. Había una intención musical en el ritmo silente con que se levantaban.

—¿Entonces, por qué no aparece ahora?, ¿se lo tragó la arena?

—Le van a estafar —dijo Regueira—. Si sigue preguntando le van a dar señas y nombres, y no va a encontrar nada. En una esquina le van a dar dos golpes y le quitarán el dinero y la dignidad. Si me permite una burla, le van a separar la ceja, le van a enderezar el tabique. No se lo digo para meterle miedo. Pero aquí todo el mundo tiene una pata en el agua, y los que vuelven de la mar ven tierra firme como un lugar donde las cosas suceden un poco en falso. Mire allá afuera, todo son grúas, mástiles, velas, neblinas y el olor a petróleo y a pescado por descamar; lo demás son parques y piscinas.

El vino en los vasos resplandecía en dos lunas deformes.

—Mejor cómprese un billete de lotería, usted es joven y puede llamar a la suerte. Viva en otra parte. Yo ya no puedo vivir sin la mar porque sé lo que le debemos.

—¿Qué le debemos, según usted?

—Muchas cosas.

—¿Cómo cuáles? —insistió Neira.

—Como hablar, Sargento. Las ballenas no respiran bajo el agua, aguantan la respiración, ¿lo sabía? Ningún animal sobre la tierra aguanta la respiración según su voluntad, por eso los animales no dicen ni una palabra. Nosotros hablamos, esto que estamos haciendo ahora usted y yo, porque en algún momento aprendimos a detener algo que para los animales en tierra es un ritmo natural, un golpe que no cesa, que se cierra una sola vez en sus vidas y cuando eso pasa se les acaba todo. Vivimos fuera del agua, todo el tiempo, con lo que una vez aprendimos allá abajo. Esto no es nada. El horror que pueda encontrar sobre la tierra no se compara con lo que fue nuestra vida en el océano. Todo eso que está tan mal organizado aquí no es más que un jueguito, la confianza que ha ido ganando un prófugo que cree que está finalmente libre. ¿Usted sabe nadar?

—No me hundo.

—Lo hemos perdido todo. Millones de años. El monstruo marino somos nosotros.

Dos días después de la visita de Mary Sue Ader, el Teniente de Navío, enfrentado a un caso que cada vez se despojaba más de demandas y se deshacía ante su vista, dirigió varias copias de una misma carta a todas las comandancias y ayudantes militares de los alrededores, convocando a la búsqueda de la embarcación de nombre impronunciable. Las dirigió a San Sebastián, a Bilbao, a Santander, Gijón, El Ferrol del Caudillo, a Villagarcía de Arosa, a Vigo, Sarda, Corme, Camariñas, Corcubión, a Noya, a Muros.

«Instruyo el expediente de la referencia con motivo del hallazgo en aguas del Gran Sol de la embarcación denominada "OCEAN WUAVE" por el Patrón del pesquero con base en este Puerto "Eduardo Pondal", el cual habiéndola depositado en el muelle de San Diego de esta capital desapareció el día 26 de mayo pasado.

Dicha embarcación desaparecida tiene una eslora de 4.5 metros, apta para vela, estando pintada de rojo la obra viva, amarillo el resto del casco y blanco la cabina y toda la cubierta, teniendo encima de la cabina un tintero donde se colocaba el palo de la vela.

Por lo expuesto, ruego a V.S. tenga a bien disponer la correspondiente investigación a fin de informar a la mayor brevedad a este Juzgado, de si en la demarcación de la Ayudantía Militar de la Marina de su digno mando se encontrase embarcación que pudiera corresponder a las características de la desaparecida.

Dios guarde a V.S. muchos años.

La Coruña, 3 de septiembre de 1.976.

El Teniente de Navío, Juez Instructor

José Luis Gil Gagiao.»

jueves 27. De algún lugar en esta costa de trilobites zarpó de regreso Bastiaan Ader. Sus primeras obras fueron recibidas como parte de un movimiento superior, el de sus contemporáneos. El performance art necesitaba asumir la estampida como una vanguardia diversificada y al mismo tiempo homogénea, tal vez por eso varias de sus piezas se precintaron bajo el término gravity art. Ahora que sus obras sobrepasan cualquier etiqueta, el nombre ha quedado vacante. Instalarse en ese taller vacío y tantear la escritura como un arte gravitatorio: algo que se acumule y caiga. Lo accidentalmente cierto. Cuando vino por primera vez a América tenía dieciséis años y su madre tuvo que firmar el pasaporte con una autorización. La sentencia es breve: «La Sra. J. A. Ader Appels le da a su hijo, Bastiaan Ader, permiso para ir al mar».

A unos kilómetros de mi pueblo pasaba un río. Sé que todas las veces que fui, mi madre se preocupó por mí. En su permiso me recordaba las traiciones del asma e insistía en la temperatura mortuoria del agua dulce. Por tramos, el río era una lámina sobre las piedras; había que caminar evitándolo, por un trillo siempre a punto de borrarse y luego bajo una arboleda de sombra continua. A ratos se escuchaba, pero no se veía. Por la profundidad del accidente, el agua se estancaba formando un pequeño lago de una sola ribera;

la otra chocaba contra una montaña rocosa que escalábamos para usar como trampolín natural. La primera vez que fui, a los doce años, coincidimos con muchachos de otro pueblo. Uno de ellos nos alertó que no nos tirásemos con tanta fuerza o no nos soltaría lo que vivía ahí abajo. Había rumores de que unos buzos intentaron explorar la poceta y no encontraron fondo. Decían que allí descansaba un ser mitológico, una de las madres de agua de leyenda, la serpiente cornuda del grosor de una palma que apartaba la sequía del río donde habitara. Imaginaba al monstruo, en lo oscuro, cumpliendo una existencia anfibia, sin diferenciar el sueño de la paciencia. Desde los salientes de la roca agujerada nos dejábamos caer en el círculo sombrío, dando brazadas en el instante en que nos sumergíamos para alejarnos de la punta de algún cuerno.

Varias obras de Bastiaan Ader parecen aforismos de la caída: descolgarse de una rama, caer de un techo, estrellar dos bombillos con la roca que no puede sostenerse sobre la palma de una mano, lanzarse a un canal desde una bicicleta, sacarse una foto colorida al borde de un crepúsculo costero y titularla *Farewell to faraway friends*. Adiós a los amigos lejanos. O hasta siempre a los amigos remotos. O, en una muy mala traducción que permita traicionar gramática y significados: adiós para siempre, amigos. ¿Aforismos de qué?, ¿cómo alzar un brazo aquí en Cape Cod sin que ese gesto resuma algún sentido?

Con los años sus piezas ganaron varios seguidores que repetían a su modo el ejercicio. En 2012, David Horvitz se tomó una foto de espaldas al rompiente de una ola con la cabeza enterrada en las manos, subió a Wikipedia la imagen libre de derechos para ilustrar el artículo *Mood disorder* y esperó a ver cómo se propagaba por Internet en textos sobre la depresión y otros trastornos mentales. Dos años después fue vetado de la enciclopedia virtual y retiraron sus imágenes. En la versión de Wikipedia en español de la entrada *Trastornos del estado de ánimo* todavía puede admirarse la obra.

Descubrí a Bastiaan Ader en un catálogo de cien muestras de arte contemporáneo. Un libro con forma de agenda cuyas páginas se dividían a la mitad en un bloque de texto con una breve descripción y debajo una imagen; la pieza que el antólogo consideró una obra paradigmática o que no repetía visualmente otras propuestas de su selección. En la nota del artista holandés decía que en aquellos tiempos su obra vivía un rescate. Yo tenía poco más de veinte años, fascinado tardíamente con Chris Burden, Joseph Beuys, Ives Klein; la imagen en blanco y negro de 1970 me pareció la obra de arte más sublime que hasta entonces había visto. Se trataba de la fotografía del artista llorando; en una esquina escrito a mano «I'm too sad to tell you». Estoy muy triste para contártelo. El formato del libro devolvía a la imagen su dimensiones verdaderas, tal como originalmente había sido: postales que envió a sus amigos. Por el argumento de la pieza y las dimensiones casuales de la antología uno podía creer encontrarse frente al original, o no exactamente frente al original, lo cual no otorgaba ninguna relevancia: yo tuve la impresión de haber recibido la postal.

El 23 de octubre al comprobar que no había obtenido respuestas de El Ferrol ni de Villagarcía, volvió a enviar otras dos cartas, deslizando la posibilidad de un extravío de la primera, y abogando por una insistencia en la búsqueda. En las respuestas que recibió, mientras pasaba septiembre, octubre y noviembre, tres meses que son un largo mes, se combinaron las mismas frases: Han resultado infructuosas las gestiones. No se halló rastro de la embarcación de referencia. No teniendo noticia alguna de la aparición del yate de referencia en este distrito. No se tiene conocimiento de la aparición de ninguna embarcación que responda a los datos y señas indicados. No ha sido hallada embarcación alguna que pudiera responder a las características. No se tienen noticias. No se tienen noticias de la embarcación Ocean Wuave. Dios guarde a V.S. muchos años.

Como Neira regresaba a casarse a fin de año, meses atrás había pedido ser reubicado cerca de donde formaría su hogar; casualmente, bastante lejos de La Coruña. La llegada de la navidad apartó al Sargento Electricista de la investigación y Gil Cagiao se vio obligado a nombrar a otro secretario.

Así lo deja fichado en un documento que redacta el 8 de enero de 1977. «Que habiendo de designar nuevo Secretario por cambio de destino del anterior, lo hago en el Condestable Don Ángel Guillermo Simón Martínez». Hay un detalle camuflado en la burocracia perfeccionista de Gil Cagiao que me hace creer que el Juez Instructor aceptó el cambio contrariado, y que no le gustaba en absoluto el nuevo secretario. En el antiguo nombramiento a Neira, en mayo del 76, puede leerse, haciendo referencia al Sargento Electricista, «enterado del cargo que se le confiere y obligaciones que contrae, jura, acepta y promete desempañar bien y fielmente su cometido». En el nombramiento de Ángel Martínez, en cambio, se lee: «enterado del cargo que se le confiere y obligaciones que contrae, acepta, promete, y jura cumplir bien y fielmente su cometido». El orden de los verbos, como es fácil reconocer, es distinto. Lo que en Neira termina siendo una promesa, en este sustituto cae con el peso de un juramento. La firma del nuevo es legible y simplona, como la del cónsul Rego, con el que comparte el mismo nombre. Lo peor es que luego de escribir su nombre lo enmaraña con un garabato impostado, como si hubiera estudiado las otras firmas del expediente e imitara a Neira Vázquez.

La última vez que conversaron el Teniente de Navío y el Sargento Electricista fue en el Juzgado, mientras esperaban cartas de las comandancias vecinas con alguna pista del Ocean Wave. Era una tarde malograda por causa de un peculiar capote de nubes que había ensombrecido la ciudad desde el mediodía. Cándido Neira había contado un recuerdo de su infancia. No podía asegurar que fuera su primer recuerdo, pero que tal vez lo fuera porque tal como había sobrevivido era una memoria totalmente desconectada de cronología. Una noche había visto a sus padres desnudos. Cada parte de los cuerpos tendidos se apoyaba en la opuesta con una perfecta coincidencia, girando en un fragmento que tendía al movimiento perpetuo. Neira comentó que por ser un recuerdo sin antes ni después, y sin trascendencia inmediata, pues él regresó a dormir y sus padres no lo descubrieron, podía ser esa escena el mismo acto con que lo engendraron. Como si por despertarse en la madrugada hubiera viajado a su origen. Y tal suposición paradójica, una vez dicha, les pareció a ambos un chiste inmejorable y estuvieron riendo juntos por un rato.

Gil Cagiao le contó que había vuelto a tener sexo con su mujer con la misma voluntad y devoción que cuando estaban recién casados. Y que se descubrió hermoso, había dicho, primero al detenerse en ella y después en él mismo. Tal vez quería decir en principio algo tan simple como que sintió que ambos estaban vivos; pero no, porque siguió comentando su experiencia, que al mismo tiempo, continuó, se había sentido hermoso en su adultez, como si no hubiera fragmentación en sus edades y su vida fuera una continua acumulación de horas. Y se detuvieron a pensar si podían tomarlo por un segundo chiste, pero no les dio risa.

Neira confesó que se había quedado con las ganas de mirar por el sextante de plástico, que lo había pensado muchas veces, pero en los momentos en que había estado solo no se había atrevido a sacarlo del archivo. Gil Cagiao dijo que a él también se le había ocurrido la idea, pero como prefería usarlo en la noche nunca se animó a llevárselo a su casa ni a volver más tarde al Juzgado solo para eso. A lo mejor ya no se veía nada, debía estar empañado por el naufragio.

—Aún así —dijo uno.

—Por eso mismo —dijo el otro.

jueves 27. Es difícil asegurar que sea mi primera memoria, estoy seguro de que no lo es —tengo asociados a la misma época otros episodios, desconectados pero al detalle. Estoy solo, sentado en el orinal plástico y recién he terminado de usarlo. Tal vez la decisión de haber llegado hasta aquí, pudiendo haberlo hecho en cualquier otro espacio (se sabe que el tibor es portátil, y una vez sentado sobre él, incluso, móvil) sea por una parte una muestra de sumisión y deseo de pertenencia, como por otra un acto de rechazo e interés por profanar una habitación familiar cuyos muebles todavía me están negados. La luz del día entra en el baño por una ventana cuadrada, pequeña y alta; el tipo de luz que en la infancia roza como una cortina. Al terminar me doy vuelta para estudiar el resultado. Es una figura consistente, redondeada, con las mismas dimensiones de un dulce. Recuerdo el instante en que le hundo el dedo y me lo llevo a la boca. El sabor es el de algo reseco, difícil de diluir, de incorporar. Recuerdo haberme desentendido del hecho, pero no de la voluntad de seguir testando otras excreciones en los siguientes días. Probé cera de un oído. Mocos. Una legaña seca. Por alguna analogía posterior, la sangre, el semen y el llanto son sustancias destinadas a la que por oposición sería la edad letrada. Aunque el llanto y la sangre corran en la infancia, no se prueban como un experimento, llegan a la lengua por error o para desaparecer una cortada. (La orina quedó descartada muy pronto luego de apuntar con el chorro a un tomacorriente.) En mi analfabetismo probé aquellas materias corporales de las que más tarde la palabra escrita me privaría.

Como le ha pasado a tantos otros y como seguramente seguirá ocurriendo, mi madre me leía historias antes de que yo aprendiera a leer. Estas lecturas ocultaban una estrategia traicionera, porque buena parte del acto apunta a distraer al niño analfabeto, más que con la aventura que se cuenta, con la sorpresiva habilidad para sacar una voz, o varias, de un objeto que no puede lucir más inanimado. Frente a la quietud del cuerpo menudo, el adulto se transforma en un ser locuaz, habilidoso, incomprensible por momentos y contradictorio hasta para el adulto mismo, que también se reconoce distinto. Y uno, niño, entra en contacto con un espíritu perdido en el pasado familiar, el emisario que, por el tiempo en que dura la lectura, encarna el cuerpo posible del ser querido. La madre, que al parecer siempre anda convirtiéndose en otra cosa, por medio de la lectura se volvía ante mi vista una palpitación narrativa.

La escuela donde aprendería a leer quedaba a tres cuadras de la casa y antes de las ocho de la mañana ella me llevaba hasta allí caminando. En el último tramo del viaje, al doblar a la izquierda y enfilar por la calle vacía, veía nuestras sombras estiradas, tan largas y bien delineadas que me hacían sentir diminuto. Por esa perspectiva a ras del suelo a la cual me destinaba mi estatura, yo era el único espectador del fenómeno. Con cada pisada se levantaba el pie de sombra y se alejaba más allá de lo que yo podría alcanzar con el próximo paso. Luego, como corresponde, la sombra y mi pie hacían cada uno su tramo de reconciliación hasta coincidir en la siguiente pisada. Ahora puedo suponer la orientación de la calle escolar, pues nuestras sombras corrían en la misma dirección de su única acera. Si mi sombra extendida me parecía esbelta, la sombra de mi madre establecía una distancia para mí absolutamente remota.

Años después de leerme libros, comenzó a escribirme cartas. Unos papelitos cuidadosamente doblados hasta formar un cuadrado que cabía en la palma de una mano. La mayoría de las veces eran páginas a rayas arrancadas de la agenda que en ese momento usara para contar las tandas de ropa que cosía. En aquellos años, mi madre trabajaba en un taller de costura, una casona parecida a un hangar viejo y espacioso que olía a hilos y a tela limpia, y que se abría en dos corredores de máquinas de todo tipo, según el proceso por el que pasaban las piezas. Las máquinas levantaban un ruido atronador, tan intenso que las veces en que de niño la visité, aunque algunas trabajadoras me reconocían, como seguramente todas reconocían a los hijos de cada una, y le gritaban a mi madre, al fondo, que yo estaba allí, ella no escuchaba nada y yo podía atravesar el taller motorizado hasta llegar a su hombro y tocarla. El rostro de recibimiento sorpresivo de mi madre en esos momentos está entre los instantes de mayor ternura que he vivido. Nos mirábamos entre el ruido de las máquinas sin escucharnos apenas, como metidos en una locomotora en marcha. Para las tandas de ropa que cosía, llevaba una contabilidad en agendas desactualizadas y por lápiz usaba los mochos que yo iba dejando cuando ya no quería usarlos más porque no me sobresalían de la mano; esos mismos lápices recortados, luego de una semana bajo el mandato de mi madre, cobraban una singularidad y una lozanía que siempre me tentaba el deseo de recuperarlos. De aquellas agendas donde exclusivamente tachaba números, ella arrancaba la página en la que me escribía una carta a lápiz. No sabría decir ahora adónde me las mandaba; debe haber sido al preuniversitario donde me interné a los quince años. No tengo memoria de lo que podía contarme en aquellos papeles. Por un tiempo las guardé, y luego las rompí en algún momento en que la odié después de una pelea. Recuerdo haberlas alineado, haberlas roto con las dos manos en cuadritos cada vez más pequeños: destruía las notas de una edad que no quería conservar. Pero de toda su palabra escrita recuerdo, desde mucho antes de comenzar a recibir sus cartas, la caligrafía. Mi madre no escribía en cursivas, y para el escolar aplicado que yo era, fue la primera vez que vi algo parecido a la escritura de los libros. Una caligrafía donde cada letra permanecía desprendida. La vocal a no la escribía como yo, no era un círculo apoyado en un trazo curvo. Su a era, tal como aparece aquí —en esta tipografía, quiero decir—, un símbolo posible de escribir a mano y totalmente nuevo para mí, encabritado en una curva que le cubre la barriga ondulada. En esa vocal se concentraba para mí su escritura, y su presencia.

Coincidiendo con el día en que se quedó solo, Gil Cagiao se resignó a comenzar a cerrar el caso. No quedaba nada suelto allí, por el contrario, parecía una investigación que se encogía en espiral sobre sí misma. Siempre lo pareció. Era como intentar fijar los rasgos de un desconocido al mismo tiempo en que se le ve alejarse. Se encontró un bote, pero estaba vacío; lo trajeron a la costa, pero lo robaron; se apareció la viuda del náufrago, pero no le interesaba recuperar el bote. Miró el Juzgado. Prefirió imaginar que Neira andaba por su oficina, en su rutina de trabajo ahora que el caso amenazaba con terminar.

«Consecuente al Superior Decreto Autorizado que antecede respetuosamente informo a V.E. que no se instruye en esta

Comandancia Militar de Marina procedimiento por la desaparición de la embarcación Ocean Wuave», tanteó sobre la máquina de escribir. Todas las diligencias habían sido hechas y quedaban documentadas en el expediente 143/76. Movió el brazo langostino y soltó una temblorosa firma de la que se arrepintió inmediatamente porque no parecía suya.

Redactó un índice de actuaciones que enumeraba por folios los documentos, desde el hallazgo hasta los escritos de las Comandancias y Ayudantías de Marina donde daba cuenta de los resultados nulos sobre el destino del bote. Colocó el índice en la segunda página. La primera abría el expediente, presentando los motivos y fechas: Instruido por hallazgo de una embarcación de recreo por el pesquero Eduardo Pondal en aguas del Gran Sol. Ocurrió el hecho el día 18 de abril de 1976. Empezó el procedimiento el día 4 de mayo de 1976. Instructor: el Teniente de Navío (RNA) Don José Luis Gil Cagiao. Secretario: el Sargento Electricista Don Cándido Neira Vázquez.

En vísperas de navidad, el Auditor de la Zona Marítima y el Almirante, Capitán General, al examinar el Expediente de Hallazgo, coincidieron en sendos documentos en que si Doña Mary Sue Ader renunciaba a reclamar la embarcación desaparecida, y la búsqueda de la misma ha sido infructuosa, le fueran devueltos a través de Ángel Rego las cartas, recortes de prensa y documentos que obran a los folios 4 al 9.

No hay nada peor para un caso abierto que le caiga encima una navidad. El nuevo año favoreció el distanciamiento con la pesquisa.

viernes 28. No se ve una sola nube en todo el cielo. El color azul de esta hora se percibe tan parejo que es imposible saber de dónde viene la luz del sol. La brisa no es fuerte pero es fría y me altera los poros de la piel hasta que duele. Entonces el dolor es inmediato, tan difícil de cotejar con la claridad del día que me invade una emoción capaz de humedecerme los ojos. Trato de evitar el llanto, porque es un llanto inesperado al que no sé cómo llegar o salir de él. La brisa vuelve y se me hinca a los brazos y yo intento sentir, pensar esta receptividad como cuando en mi niñez movía el dial de la radio para alcanzar la nitidez de una estación. Cada vez es menor mi memoria y mayor la gravedad de lo vivo, aunque al frotarme las manos descubro que no me siento las yemas de los dedos. Oigo el golpe del viento —lo único que resuena— contra mi frente, dejando una especie de ulular. Imagino el salto de una vocal, como un átomo, como el dibujo de un cómic, en ese golpe que me hace fruncir las cejas. Veo el mar.

A fines de enero de 1977 el caso ya estaba archivado. Gil Cagiao se animó a escribirle a Neira. Cuando mencionó la investigación, sin embargo, exageró un poco.

Estimado Teniente Electricista, escribió:

Seguimos con empeño nuestras averiguaciones sobre el caso del bote Ocean Wuave. He puesto a un secretario que no se entera de nada, pero así es la vida. Ayer vino la mujer de Castiñeira a recoger la absolución del marido, que está otra vez en la mar. Es la segunda mujer en el mismo caso que viene en representación por tener el marido en un barco. Las cosas parecen volver a la normalidad, a la normalidad entre un caso y otro. Voy a tener un hijo. Dios guarde a usted muchos años.

Y al final soltó su encendida firma.

Neira, por su parte y al mismo tiempo, también le escribió a Gil Cagiao. Una carta dubitativa donde hacía todo lo posible por no preguntarle sobre el caso del bote encontrado en aguas del Gran Sol. Aunque cada oración escrita parecía que iba a terminar en el hecho, la siguiente emprendía otro rumbo. Le contaba que había ido al cine con su esposa a ver una vieja película del torero Palomo Linares que se llamaba *Nuevo en esta plaza*. Al final también le anunciaba que tendría un hijo, y dejaba caer su firma de trazo fino. Pero como ninguna carta era respuesta de la otra, las dos se anularon en el camino, se extraviaron en puntos distintos, y no volvieron a escribirse.

Cada vez que uno pensaba en el otro, porque un conocido lo mencionaba, porque contaban alguna aventura militar que incluía al par ausente o al ver una embarcación vacía momentáneamente en una playa y les venían a la memoria sus días de detectives detrás del bote rescatado y robado de un artista al que no conocieron, cada uno recordaba al otro bajo la luz de la misma escena: la tarde del 27 de abril de 1976, en que la máquina de escribir resonó para tomar declaración a Manuel Castiñeira Alfeirán, patrón de pesca de altura, cuando se despidieron luego de trabajar, y acaso sospecharon que avanzarían en una intrincada aventura.

Se habían detenido esa tarde en la escalera, a la salida del Juzgado, como repetirían una segunda vez. El Teniente de Navío unos escalones más abajo, lo cual lo volvía mucho más pequeño de lo que era. El Sargento Electricista lo miró desde lo alto, con la uniceja perfectamente horizontal.

—Ese bote no lo vamos a encontrar nunca —dijo Cándido Neira Vázquez.

José Luis Gil Cagiao tuvo una reacción corporal, como si hubiera regresado a sus años de cadete y acabara de recibir una orden, de quien era, además, inferior en rango, y tal vez por la inesperada complicidad y lo lapidario de la frase, el Teniente de Navío y Juez Instructor había alcanzado cierta vulnerabilidad o iluminación, que lo hizo cuadrarse en un gesto como si se impulsara para decir a sus órdenes o algo por el estilo según el protocolo militar de la época, un temblor que casi sin enunciarse alcanzó a controlar antes de decir:

–Ya lo sé.

Agradecimientos

Ante las sospechas en el circuito del arte de que su esposo estuviera vivo, oculto como parte de una dilatada obra monumental, Mary Sue Ader-Andersen se convirtió en una nueva Mrs. Wakefield, personaje de Hawthorne. «En alguna vieja revista o diario, recuerdo haber leído, contada como cierta, la historia de un hombre –llamémosle Wakefield– que se ausentó por largo tiempo de su esposa...» Han pasado cuarenta años.

In Search of the Miraculous era un tríptico. La primera parte, una caminata nocturna por Los Ángeles hasta llegar a la costa. En las imágenes que expuso en la galería Claire Copley junto a un coro celebratorio de la travesía por venir, se ve su silueta oscura de último peregrino en el borde del continente. La segunda, el cruce del Atlántico Norte. Al hacer tierra se embarcaría en un paseo similar en Ámsterdam.

Hallazgo de un hallazgo, el volumen *In Search of the Miraculous. Bas Jan Ader Discovery File 143/76*, de Marion van Wijk y Koos Dalstra, en la Biblioteca Pública de Nueva York, fue decisivo para la escritura de este libro. También lo fueron, en menor deuda: *In Search of the Miraculous*, de Jan Verwoert; *Please don't Leave Me*, monografía del museo Boijmans van Beuningen; y *Bas Jan Ader. Death is Elsewhere*, de Alexander Dumbadze.

La traducción al español de la cita de Joseph Conrad en la servilleta está tomada de *El espejo del mar* por Javier Marías, una edición que busqué con esmero ante la dificultad de traducir el fragmento y que luego al encontrarla, como en las grandes traducciones, me pareció que era fácil.

Viajé a Cape Cod en el otoño de 2012. Agradezco, mientras escribo esta página, la compañía y los encuentros con Brita y Tony Rose, Vik

Purushotham, Steve Girouard, Ken Texeira, y Dear, que me habló de la isla; y las lecturas de Francisco Díaz Klaassen, Rodrigo Fuentes, Manuel Guedán, Fer Figheras, Mailyn Machado.